しあわせの言霊

日本語がつむぐ宇宙の大調和

保江邦夫
矢作直樹
はせくらみゆき

明窓出版

はじめに

はせくらみゆき

人とのご縁は不思議なものです。なかなか繋がらない縁もあれば、ぐっと深まるご縁もある。いつしか切れてしまうご縁もある。

そんな奇《く》しき繋がりの中で、私の人生にとっていつも大きな気づきをもたらしてくださる、大切な方々がおられます。

その方々……というのが、本書で鼎談《ていだん》させていただいた、物理学者で武術家でもある保江邦夫博士と、東大名誉教授の医師である矢作直樹博士です。

お二人とも、ものすごい経歴と天才的な頭脳の持ち主でありながら、きわめてフランクで、素晴らしい人格者でもあります。

そして、両先生に共通しているのが、お二人ともこの国と世界の未来を良くしたいと、本気で取り組んでおられることです。その真摯なる姿を影ひなたに垣間見るとき、胸が静かに高鳴り、そこから連なっている世界の広がりと繋がりに、未来の光を感じ取ることもあります。

この度、尊敬する両先生と共に、日本人の母語である「日本語」を中心とした鼎談をさせていただくことになりました。浅学菲才でお恥ずかしい限りではあるのですが、数十年に渡り好事家《こうずか》として日本語について探求していた私は、令和5年の夏に、どうしても皆に分かち合わねば……という内なる強き想いに導かれ、三日間ほど眠れぬ夜を過ごしました。

それは、日本人なら誰でも話すことができる「日本語」が、もしかしたら世界をよりよく変容させる「鍵」だったのではないだろうか、という閃《ひらめ》きが全身を貫いたからです。

とはいえ、疑い深い私としては、果たして本当にそうだろうかと思い、そこからまた、夢中になって様々な文献を読みあさったり、瞑想を繰り返しながら、深めていきました。

そうして内側では、やはり起源不明・系統不明の日本語の中に、ある種のマスターキーが潜むことを確信するに至った私は、日本を代表するインテリジェンスであり、慧眼《けいがん》の持ち主である両先生からの検証とご意見を伺うべく、鼎談を申し込んだのでした。

すると、すぐさま「喜んで！」とお返事をいただき、令和五年の年末、丸二日かけての鼎談が実現したのです。それが、本書となりました。

内容は、「日本語」というキーワードを主軸として、高次元空間との関係性や人類の起源まで触れるといった、想像をはるかに超える壮大なものとなりました。

どんなものかを軽くご紹介したいので、各章ごとのタイトルを記述したいと思います。

パート1「日本語は共存共栄の道しるべ」、パート2「緊縛が持つ自他融合力とは」、パート3「人類の意識は東を向いている」、パート4「日本語にあるゆらぎと日本人の世界観」、パート5「空間圧力で起こる不思議議現象」、パート6「宇宙人はいかにして人間を創ったのか」というものです。

なんだか、ドキドキ（ゾクゾク⁉）してきませんか？

私自身、鼎談の中で、何度も驚いたり、感動したり、考えさせられる部分が多々あり、この高揚感を、今度は書籍というかたちを通して皆様と分かち合えることを、とても嬉しく思います。

実は、本書での鼎談を経て、単著として別な出版社より、日本語について深掘りした書籍とカード（「音―美しい日本語のしらべ」＆「おとひめカード」きずな出版）を令和六年の秋に刊行致しました。その中にある論説や論拠として、本鼎談に依拠するものが多数含まれていることを申し添えたく思います。

現在、世の中は大変容の真っ只中でもありますが、憂うことなく「デーンと構えて」（本文中にある言葉です。探してみてね）素晴らしい未来を共創する、我ら一人ひとり。「未来は明るい！」と内側から喜びが湧き出てくる、そんなヒントが満載の内容です。

さぁ、ページを開いて、ワクワクする意識世界のアドベンチャートリップに出かけていきましょう。

しあわせの言霊

日本語がつむぐ宇宙の大調和

パート2　「緊縛」が持つ自他融合力とは

パート3 人類の意識は東を向いている

パート4　日本語にあるゆらぎと日本人の世界観

パート5　空間圧力で起こる不思議現象

パート6　宇宙人はいかにして人間を作ったのか

パート1　日本語は共存共栄への道しるべ

（鼎談1日目）

◎「一円融合」共存共栄への道しるべ

はせくら　3人で出版に向けての鼎談をするのは2回目ですね。前作、『歓びの今を生きる医学、物理学、霊学から観た 魂の来しかた行くすえ』（明窓出版）でも、皆様のＤＮＡを開花していただけるような、素晴らしいお話を両先生からうかがうことができました。

今回も、とてもワクワクして臨んでおります。どうぞよろしくお願いいたします。

保江　僕も、本当に楽しみにしていました。よろしくお願いいたします。

矢作　貴重な席に呼んでいただけて、とても嬉しいです。

よろしくお願いいたします。

はせくら　まず、語り合ってみたいアイディアがあります。

私たちが普段から何気なく喋っている日本語ですが、その言語コミュニケーションの先にあるのは、「**一円融合**」であると考えています。

そして、共存共栄の世界へと至る道しるべとなるような……、そのことをただ知るだけで、性格が良くても悪くても、老若男女、誰でも一円融合に向かうことができるという方法について、ご意見をおうかがいできればと思います。

より包含的に、かつ誰にでもわかるものとして捉えていくためには、科学や医学としての知識も必要となってくるんですね。それで、各界のトップを走っていらっしゃる両先生に補足していただければありがたいです。

保江　**誰にでも**、というのがポイントですね。

いい人でも悪い人でも、老いも若きも、誰でも、そんな時代になってきているわけですから、すごいです。

はせくら　そうなんです。こうしたことをお伝えするために、私は生まれてからずっと準備をさせられていたのかなと思っております。

瞑想の中で、パッと道筋を見せられたときには、３日ぐらい眠れなくなってびっくりしました。

結論を先にいいますと、「**日本人の目覚め**」という話になります。

何をもって目覚めとするのかというと、それは、日本語の持つ本質的な役割を知ることによってです。

学ぶという学問的なことではなく、知るだけでも気づきが起こり、その意識で使い始めることによって、圧が溜まっていきます。

そして、その延長線上にあるものが、どんどん研ぎ澄まされていくのです。

少なくとも母国語に対する意識が変わってくると思いますので、結果として心の国護りにもなると思っています。

◎我々が生きる世界——あらゆる対象に人を投影できる仮想空間

はせくら　まずおうかがいしたいのは、人間とそれ以外の動物の違いについてです。
私が気づいたところからお話しすると、動物と外部環境というのは直接的な関わりがあると思います。動物がいて、外部の環境があって、そこで直接的に触れあいながら暮らしている。それに対して、人間と外部環境は、直接触れあっていないことに気づきました。何が間にあるのかというと、**「言葉による認識世界」という仮想空間**です。

それによって、外部環境の理解ができていると。

保江　そのとおり！　お見事です。

はせくら　ということは、この中間ゾーンが変わることによって、そこから認識される外部世界も、実は容易に変わるのではないかという仮説からスタートできればと思います。

「言葉による認識世界」という仮想空間によって、言葉とか風土とか、様々なものができている。そのフィルターを通したのが人間の認識する世界であるというところが、動物と人との大きな違いだと思います。

保江　そこが根本的な違いですね。

はせくらさんが今おっしゃったことは、全て事実です。人間の認識は、まさに動物とは全く違うものです。

動物は、皮膚で外界と接しているだけです。

例えば、僕には営林署の役人をしている友人がいるのですが、ある日、車で山を走っているときに、猫が轢かれて横たわっている状況に遭遇しました。

仕事柄もあり、その事態を処理するために現場に近づいた途端、まだ息があった猫の気持ちがわかってしまいました。

実は彼は、一度UFOにさらわれたことがあって、それ以来、人や動物の気持ちがわかるようになっていたのです。口でいっていることと全く違う、人の本音がわかってしまうとだんだん人間が嫌になってしまって、人と会う機会が比較的に少ない、山の中で仕事をする営林署の職についていたのです。

そのときには猫の気持ちに直に触れてしまったのですが、その感覚というのが、非常に単純だったそうです。人間の言葉でいうと、

「クソ、なんだ、いったい何なんだ」って、それだけだったと。

人間なら、何で自分はこんな目に遭ったのだ、偶然なのか、誰かに恨まれているのか、どうしたら助かるのか、など様々な思考が溢れ出す中で苦しみますが、猫はそうじゃない。**単**

純に痛みと、苦しみだけだったといいます。

はせくら　痛いということに対する、原始的な反応なのですね。

保江　犬の気持ちがわかったときも、空腹時に餌が出てくれば食べるだけ。自分はちょっと太り気味だから、今日は少なめにしておこうとか、一切考えません。とにかく、反射的に食べるのです。

結局、何が動物と人間の差を生むのか。

大森荘蔵《しょうぞう》（＊１９２１年〜１９９７年。日本の哲学者）という、東大の物理を出たのに、ウィトゲンシュタイン（＊ルートヴィヒ・ウィトゲンシュタイン。１８８９年〜１９５１年。オーストリア出身の哲学者。イギリス・ケンブリッジ大学教授となり、言語哲学、分析哲学、科学哲学に強い影響を与えた）のところに行って哲学者になり、東大で教授をしていた人がいます。

彼は、**人間と動物との違いは、人間はロボットに対しても人格を当てはめることができる**けれども、動物にとってロボットは、道端の石ころと同じような外界の一部である、といいました。

人間は、ロボットにも人格を投影して親しみを覚えたりしますね。

はせくら　ロボットが、あたかも意思を持っているかのようにね。

保江　そう、意思を持っているかのように思えるところが、人間たる部分だと、大森哲学はそこに行き着くのです。

だから僕は、**人間が生きている世界は、あらゆる物体、物性、対象に対して人を投影できる仮想世界、仮想空間である**といいたいのです。

はせくら　投影された仮想空間、仮想世界である。私もそのことに気づいたときには、本当に驚きました。

猫のお話が興味深かったので、矢作先生におうかがいしたいのですが、そうした有事のときの、猫などの動物と人間の反応の違いをどうお考えになりますか。

矢作　動物は、いい意味で物を考えることがないので、スピードが必要なときには、反射的に逃げるなどの行動がとれて有利ですね。

はせくら　動物には、カルマも起きにくいといえますか。

矢作　個としての猫や犬について、行動パターンの個性はおそらくあると思います。けれども、全体として見たときの犬や猫などの集合意識の中には、やっぱりカルマのようなものがあると、自分は感じますね。

例えば、人間と暮らしている場合、動物が人間とのやり取りの中で受けているものをあの世に持ち帰ることがあるかもしれない。

はせくら　特に、ペットは人に近いところにいますからね。飼い主の思いも転写されて、猫や犬もヒト化するというような。

矢作　そうです。だから、野生の猫とペットの猫とは全然違うと思います。

まず、**寿命が4倍違います。**

保江　そんなにですか。人間のそばにいる猫や犬というのは、だんだん変わっていくのですね。

矢作　変わってきています。

保江　人間の仮想空間認識にも、なじんできていると。

はせくら　だから、その空間も少し混じり合ってきているのかもしれませんね。

保江　人間の仮想空間認識の中に入れ込まれている犬猫は、徐々にその仮想空間を認識するようになっていくのではないでしょうか。

例えば、犬はもともと狼を先祖としているという説があるでしょう。人間が原始的な生活をしている頃に、狼を飼い慣らしてだんだんと犬に変化したという。

インドで、狼に育てられた少女たちがいましたよね。

はせくら　アマラさんとカマラさんですね。

保江　彼らは狼みたいに育っていたけれども、その後に人間と暮らしたら、人間らしくなっていきました。

はせくら　ただ、服を着るとか二足歩行できるまでに何年もかかったと読んだことがあります。四つ足で歩くとか、生の肉しか食べないとか……。

そのお話とも関係するかと思いますが、先ほどの「もの」に人格を持たせるということについても、今回、私が調べたところでは、そうした感性や感覚を最も持ちやすいのが日本語を喋っている人たちである、ということでした。

◎二次元的表現を好む日本人に備わるディビジョニズム

保江　なるほど。関連して思いついたことがあるのですが、忘れないうちにお話ししていいですか。

はせくら　もちろんです。お願いします。

保江　僕が創作した『サイレントクイーン』というSF小説を、漫画にしてくれたS．さんという女性がいます。

　彼女と以前、漫画の話をしたのですが、例えばディズニーなどの最近のアニメ映画は、描き方が立体的ですよね。

はせくら　そうですね。厚みがある感じ……。

まんが「サイレントクイーン」で学ぶユリバース　博士の異常な妄想世界
原作：保江邦夫　作画：S.　明窓出版

保江　最近は、全世界的にあのような描き方になっているのに、日本だけはそれが流行らなくて、いまだ２次元的な表現がメインになっています。だから、外国人用に絵を三次元的に描き直す場合もあるそうです。

ディズニーなどのアニメは、ストーリーは良くても、絵自体に日本人は違和感を持つらしいのです。

宮崎駿監督などのアニメ映画では、やはりいまだに平面的な表現をしています。

これはなぜだろうという話になったときに、彼女が、

「日本人って、平面のものも自分で補完して、立体的に見ることができます。そのほうが、自然に感じられるんじゃないですか」といったのです。

日本の絵って、平面的ですよね。平安時代に描かれていたような絵も平面なのですが、その頃、ヨーロッパで描かれた油絵は、様々な幾何学的方法を取り入れて、立体的に見せています。

浮世絵

ポンペイの絵画　撮影はせくら

はせくら　ポンペイの時代（＊日本では弥生時代）から遠近法の手法が存在していました。けれども、日本の場合は浮世絵しかりですが、二次元的表現（平面）が主体です。平面と立体を混ぜ合わせては描かないのです。それは、縄文由来ではないかといわれています。

保江　やはりそうですか。

はせくら　構造主義を唱えた戦後の思想家、レヴィ・ストロース（＊クロード・レヴィ・ストロース。1908年～2009年。フランスの社会人類学者、民族学者）は、日本文化を表すものとして「ディビジョニズム」があるといっていました。

それは、あらゆるものが混ざり合わないように、整頓して配置する、区分（ディビジョン）するという意味です。

保江　なるほど。**我々日本民族は、平面を見ても高次元にまで補完できる。自分の投影世界に反映させるときには、ちゃんと立体に、あるいはさらに上の次元にまで膨らませる能力があるのではないか**と思います。

はせくら　そういうことなのですね。

保江　だから、わざわざ立体的に描いている海外のアニメを見たら、むしろ興ざめでつまらないのでそれほど人気が出ないんじゃないかと、彼女はいっていました。

面白い仮説だと思います。

矢作　たぶん、**魂と脳の両方でしている処理**なんですよね。

◎日本人の特質の根幹となる「母音言語」

はせくら　脳の処理機能からみると、日本人の特質というよりも、日本語を喋っていることに特質的な脳の処理方法があったようです。その鍵は、「母音」にあるとのこと。母音中心の言語ではポリネシアの言葉もそうなので、日本語を話す人と同じ、原始的な脳の処理様式を持つようです。

ところで、人間と、外部の仮想空間である言語の認識による世界については、エドワード・サピア（＊1884年～1939年。アメリカの人類学者・言語学者）とベンジャミン・ウォーフ（＊1897年～1941年。アメリカの言語学者）が、**言語相対論**という「**サピア－ウォーフの仮説**」を唱えました。

人が認識する手段というのは言葉である、ということを明言したのです。

保江　そんな学者がいたのですか。

はせくら　はい。それが面白いのです。人は言葉によって認識が決定されたり、認識が変わったりするという、この原理のことを「強い仮説」と呼ぶのです。

保江　確かに、**それぞれ国の言葉によって、相対的に認識が変わりますね**。例えば、虹の色の数え方は、日本語、英語、ドイツ語やフランス語、ロシア語、アジアやアフリカ、またイスラムの言語圏においてそれぞれ異なっているということです。例えば、日本だったら7色ですが、アメリカは6色です。

はせくら　そうなんです。こうして、語っている言語によって認識に影響を与えるということの言語相対論は、今は一般的に「弱い仮説」といい、一方、「言語が思考を決定づける」と強く主張したものは、「強い仮説」と呼ばれているようです。

まるで、前著の強い人間原理、弱い人間原理を見ているようで、興味深かったです（強い人間原理、弱い人間原理については、『宇宙を味方につける　こころの神秘と量子のちから』保江邦夫、はせくらみゆき共著〈明窓出版〉参照）。

「サピア-ウォーフの仮説」は、後に認知言語学という分野の中で、脳科学なども含めて調査されるようになっていった、比較的新しい学問分野となるそうです。

矢作　なるほどね。そういえば、西陣織の方は、色が3000色あるといっていました。

はせくら　なんと繊細な識別力なのでしょうね。

言語相対論的には、他に例を挙げると、日本の場合は水が温かくなるとお湯となって言葉が変わり、認識も変化しますが、英語はホットウォーターで、常にウォーターで一貫しています。

このように、話す言葉によって、話者が見えている風景に違いが生まれるのです。

保江　そうですね。

はせくら　言葉について注意深くあることによって、いろんな気づきが生まれると思います。その中で、違いを面白がるのか、比べるのかによっても差が生まれます。

違いを比べて、上下・優劣の二元的な世界にいくと、争いの元となってしまいます。今改めて、言葉の認識をアップデートすることによって、世界は変わるのかなと思ったのです。

矢作　その違いを尊ぶというのは、**大調和**ですね。**区別を認めることが、究極の平等です。違うということは、それぞれに役割があるということであって、優劣ではない**わけです。つまり、西洋的なモノカルチャーというか、単純尺度でないところが、日本語がまさに大調和の言葉たる所以《ゆえん》なんですね。

はせくら　そう思います。
大先生方を前に恐縮ですが、言葉とは、人間という生命体から出される音ですよね。さらに音は、秒速340メートルで進む、空気中の振動です。

保江　そうです。疎密波ですね。

はせくら　音は、物体の振動が伝わるもので、固体や液体、気体を媒体として、波紋のように伝わっていく波である、でいいですかね？

保江　はい。振動の波です。

はせくら　ということは、振幅と振動数と、波形がある。

音の3要素である、大きさと高さと音色が、振幅と振動数と波形で変わる……、それが物理的な声の正体ですね。

あらゆるものには振動があるから、とりわけ声を使って交流しなくても、その振動を直で受け取るとテレパシーという波動言語になりますよね。

保江　確かにそうですね。

はせくら　はるか昔のご先祖様たちは、それで意思疎通をしていたようなのです。つまり、わざわざ声に出さなくても、直にコミュニケーションを取っていた……。

ということは、言葉というものは、人間という生命体有機物が、意図的に発する音の振動の集まり、ということで合っていますでしょうか？

保江　もちろん、それで正しいと思います。

ただ、言葉について、僕が非常に不思議に思っていることがあるのです。

聖書にもありますけれども、「まず名前ありき」でしょう。いろんなものに名前がある。名前という言葉は日本語ですが、英語はネーム、ドイツ語はナーメン、フランス語はノムで、音が似ているでしょう。

そういう単語って、実は他にあまりないのです。日本語のりんごは英語でアップル、フランス語ではポムですから全く違うのですが、名前に関しては共通しているように思います。

だから、名前というのがまず大事なのです。名前がなければ概念を投影できませんから。

例えば、やかんを「やかん」という音の波で表すことも必要ですけれども、その前に必要なのが概念。

はせくら　「ロゴス」ですね。

保江　まずは、その仮想空間というロゴスがないとね。

はせくら　なるほど、そうですね。

保江　犬、猫、動物が認識している世界には、おそらく名前はないでしょう。

はせくら　名前が付いていないということは、分離できないということなのですね。「のようなもの」はあったとしても、はっきりと分離していない世界……かぁ。

保江　ところが人間は、名前によってラベルを付けて、この空間を認識している。

はせくら　そして、そのラベルの概念が言葉によってまた違うので、争いの種となってしまう、ということなのですね。

保江　そういうことです。

◎なぜ人は言葉を話せるのか？

はせくら　ところで、人が猿と違って喋れるようになった理由を調べると、まず第1ステップが、二足歩行になったこと。

第2ステップが、立って活動するようになったことによって喉に変化が起きた。具体的には口腔《こうこう》と咽頭《いんとう》が直角になったことで、咽頭が下がって音響の空間ができた。

それによって、口腔の共鳴空間が広がって呼吸を制御できるようになり、意図的で高度なコントロールが可能となったことが要因なのだそうです。

保江　確かにそうですね。

矢作　空間が適当に広がって、喉頭《こうとう》と咽頭の働きにより喋れるようになったということですね。

はせくら　ただ、その代償として、誤嚥《ごえん》の可能性も出てしまったということなのですが、矢作先生、そのあたりをご説明いただけますでしょうか？

矢作　はい、そうですね。四脚動物は、蓋がピタッと鼻腔の後を閉じて気道と食物の通る道とを分離するようになっています。

ところが、**人間の場合は、咽頭で気道と食べ物の通り道が交差している**のです。

はせくら　食べ物の通り道と息の通り道ですね。

矢作　物理的に閉じられないから、完全には分けられないのです。

保江　それで僕、よく咳き込むんですよ。

矢作　赤ちゃんはまだ喉頭が下がっていないので、四脚動物と同じように息をしながら母乳が飲めます。だからずっとちゅうちゅうと吸い続けていますが、大人になるとあれができないんですよ。

保江　確かに、息を止めていないと飲めないですよね。

矢作　だから赤ちゃんは、そういう意味ではまだ本当の人間の形にはなっていない。

はせくら　いつぐらいで大人と同じになるのですか。

矢作　乳児期というか、離乳の頃から変わってきますね。

はせくら　**進化と同時にリスクも含みつつ、それでも進んでいった**ということなのですね。

矢作　ただ、本当は猿と、人間という、もともと宇宙人が作った生物は、違うんですよね。猿は、人間のように喋らせないように作られたものですので。

保江　そうです。

はせくら　そもそも、ダーウィンの進化論は、人間には当てはまりませんものね。

矢作　だから形を分けて、お猿さんは喋れないように作ってあるのでしょうね。

はせくら　発声でいうと、喉の声帯が弦楽器の弦のような役割を担い、そこを通った空気をそのまま出したものが母音で、唇や舌や歯を使って、邪魔しながら母音を出すと、子音になります。こうして様々な音声を出せるようになったことによって、言葉は生まれ、結果として**文化の蓄積が可能となった**、ということです。

◎感覚経験の発声体感であるオノマトペとは

はせくら　人はいかにして言葉を獲得したのかについてのお話をしたいと思います。

図Aと図Bを音《おん》として、**オノマトペ**（＊自然界の音・声、物事の状態や動きなどを音で象徴的に表した語）で名前を付けてください。

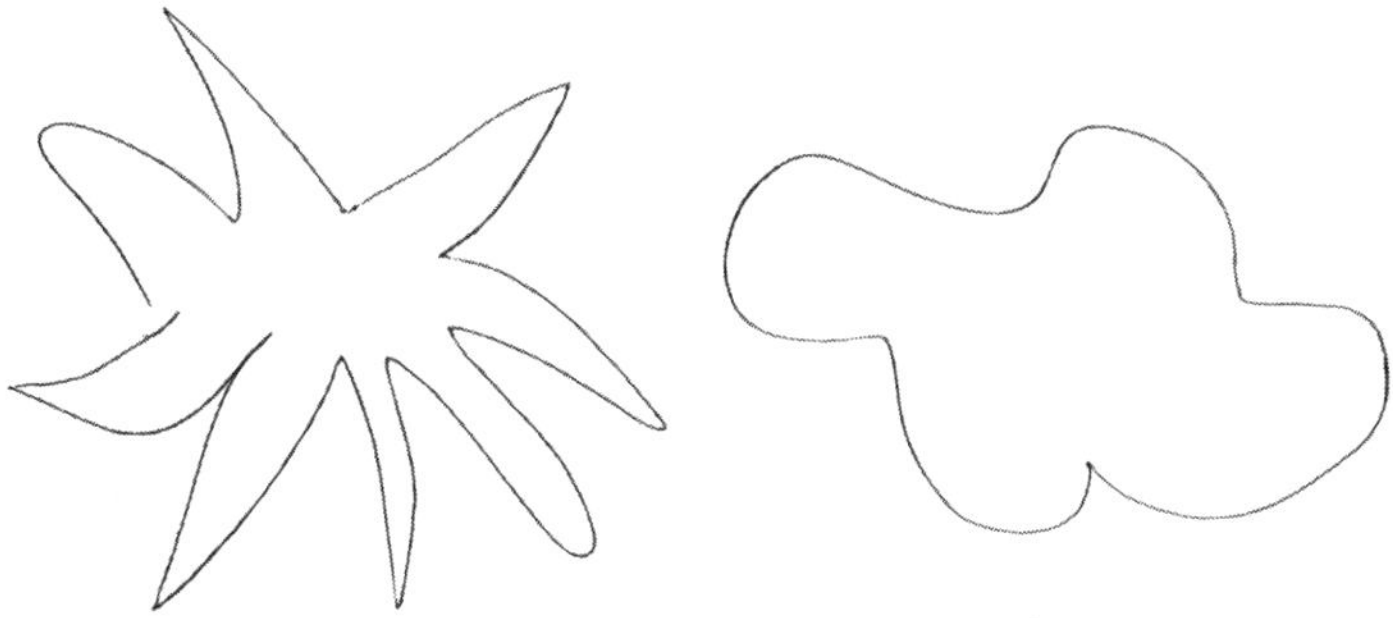

まず、Aは何にしますか。

保江　むにゅ。

矢作　まるまる。

はせくら　私はもにゃもにゃ。次のBは。

矢作　トゲトゲ。

保江　シュパ。

はせくら　キリキリ。というわけで、名付け、ありがとうございました。

では、次の質問です。なぜその名を付けられましたか？

保江　面白いですね。私たち人というのは、**受け取った感覚経験を音にする**からでしょう。感覚経験をそのまま音にするとオノマトペになる。

はせくら　そうですね。この感覚経験のことを、発音体感と呼ぶようですが、これが名前が作られる、元のかたちでもあるようです。

矢作　なるほど。

はせくら　人は、自分が捉えた対象や様態に対して、口腔内の機能―音声を使って、仮想的な模倣運動（真似るということ）をする、ということのようなのです。確かに、赤ちゃんが言葉を獲得するプロセスも、真似っこから始まりますものね。

真似ることによって、森羅万象のありようを発音体感で音声化していこうとする。舞台は、声帯と口腔内の共鳴空間と舌や歯や唇です。

それによって自然界のさまを写し取りながら、自らの脳内劇場を豊かにして、脳内での仮想空間を作っていっているのではないかと思うのです。

保江　なるほど。わかりやすいですね。

はせくら　それで私が感動したのが、「対象物と音が似ている、要は言葉が似ているというのは、最上最美だよね」と語った人が、いたことなんです。

その名はソクラテス。弟子だったプラトンの記述に残っているのです。もっとも、そんなものは見たことないという前提で書かれているのですが……。

東洋の端に属する小さな島に、その言葉があるとわかったら、どう思うかなと思ったらゾクゾクします。

保江　すごい話ですね。僕の人生の学びで、一番重要なことを教えてもらいました。

全て腑に落ちます。

はせくら　嬉しいです。でもまだこれは、入り口の話でございます。

保江　ギリシャ文明が花開いて、行き着くところまで行って、その後を受け継いだローマ人のラテン語があんなに複雑なのは、要するに当時の日本語のようなものだったのですね。

◎日本人の気質に影響を与える日本語の性質とは

はせくら　これが音声、母音をどこで認識するかということに関わってきます。

母音とは何かというと、声帯の振動が、唇や舌や歯などで妨げられずにそのまま出る音、自然発生音です。

それに対して子音は、喉にある声帯の振動が唇や舌、歯などで妨げられて、調音してコントロールされて出てくる音です。

さて、**世界中の言語の数は六千〜七千**ともいわれているのですが、母音中心で話すのは、**日本語**とトンガやサモア、ハワイなどで語る**ポリネシア語**だけなのです。それ以外は皆、子音中心の言語なのです。ですので。これを便宜上、**母音語族**と**子音語族**と呼ぶことにしますね。

特に、日本語は世界九位となる話者がいます。

では、なぜ日本にはこの言語が連綿と残っているのだと思いますか？

矢作　魂の質ですか？

はせくら　もちろん、それもあると思いますが、目に見えるところでは、単純に、歴史的幸運だったようです。つまり、侵略されなかったがために、言葉が残った。

侵略されてしまうと、その国の文化や言葉も失われることが多々あります。すると、文化や言葉は、いろんな民族が混じり合いながら歴史が紡がれていくことになるため、よって、言葉もどんどん変化していくのだそうです。

日本は海に囲まれた絶海の東の果てにあり、歴史的な幸運も相まって、たまたま、人間の言葉の獲得から現在に至るまでの言葉の進化史が、原始的な脳の処理システムとして、素朴なまま残されていたと考えられます。

もちろん、様々な見解はあるようですが、私はこの説に信ぴょう性を感じています。

もう少し、お話を続けても大丈夫ですか？

保江　はい、もちろん。

はせくら　日本語は、世界の中でも習得に時間のかかる最難関言語の一つにあたります。例えば、日本語は、ひらがな・カタカナ・漢字と三つの文字を駆使しますが、このような異なる種類の文字を同時に使いこなす言語は他にないそうです。

また、文法も個性的です。例えば、「ありがとう」と私たちはいいますが、英語では……、

保江　サンキュー。

はせくら　ちゃんと主語のある文にすると「I thank you」。でも、「ありがとう」というときは主語も目的語もないですよね。

「サンキュー」というときは、実際は自分という主語が脳内にはあって……。

保江　目的語のあなたに対して感謝するわけですね。

はせくら　でも、日本語で「ありがとう」と感謝するとき、「あなた」を意識していっていますか？

保江　いいえ、そういう意識ではいっていませんね。

はせくら　ここがポイントです。「ありがとう」という日本語は「あなた」にもいいますが、状況や空間に対してもいっているのです。

けれども、英語などのヨーロッパの言語は、あくまでも「私」から「あなた」にいっている。つまり、空間中心主義か、人間中心主義かの違いだということがわかりました。

次に、「おはよう」というのはもともと、元気であるからこそ、朝早く起きることができて、なんとめでたいのでしょう、おめでとうございますという祝福とねぎらいの言葉でもあったということです。

一方、英語だと、「Good morning」。丁寧にいえば、「I wish you a good morning」（私はあなたに良い朝が訪れることを願っています）になります。

保江　そうですね、やっぱり自分が中心ですね。

はせくら　このように、日本語というのは周り（環境・空間）を見ながら、共に同じ方向を見て共感することが大事な言語だったのです。

保江　共感ですか。なるほどね。

はせくら　それに対して、英語はどうしても自己主張が強い言語となってしまいます。

保江　どこまでもね。

はせくら　それでは最後に、「はじめまして」はどういう意味かといいますと、もともと大和言葉では「はじめる」です。「はじめまして」というときにその裏にあるのは、「ここから始めて、ずっとこの関係が続いていきますように」という意味を含んでいます。それでその後に、「よろしくお願いします」というのですね。

では、英語ではなんといいますか。

保江　「Nice to meet you」。

はせくら　直訳すると「あなたに会えて良かったです」ということですね。他にも「How do you do」も使いますね。それは、あなたの状況はどうですかという意味です。つまり、目線が違うということになります。

保江　目線がね。

はせくら　目線で思い出すのが、恋愛映画などのポスターです。日本の場合、どちらかといえば同じ方向を見ていることが多いです。

保江　そうですね。一緒に明るい方向に目を向けているような。

はせくら　でも洋画だと、ほとんどの場合向き合っています。

そもそも英語は、主語がないと成立しない言語だったのです。例えばIが使えないのであれば、仮主語のItなどを入れないと文になりません。

だから、「愛している」というときも、日本語は「愛している」の中に全てが入っていますが、英語の場合はIとyouを必ず入れます。

つまり、対象をきっちり分けるという言語の性質があるようです。それともう一つ、日本語に関していえば、日本語の地名には自然を表す言葉が多いことです。

保江　僕の出身地の岡山も、確かにそうですね。

はせくら　矢作先生は、どちらのご出身ですか。

矢作　横浜です。

『青春の鐘』
配給：日活

『余命 10年』
配給：ワーナー・ブラザース映画

『さらば宇宙戦艦ヤマト　愛の戦士たち』
配給：東映

『夜明けのすべて』配給：バンダイナムコフィルムワークス、アスミック・エース

『世界一キライなあなたに』
配給：ワーナー・ブラザース映画

『恋するプリテンダー』　配給：ソニー・ピクチャーズエンタテインメント

『恋人たちの予感』
配給：日本ヘラルド映画

『きみに読む物語』
配給：ギャガ・ヒューマックス

保江　横に浜があるという。

はせくら　他、日本では、苗字も自然の名詞を使っていることが多いですね。

保江　そうですね。田中は田んぼの中だし、森山とかも。

はせくら　このように日本の場合、意識が「自然」を中心にした空間思考のようなのです。一方、英語圏の地名は、人の名前など、自然と関係のないものが多いです。意識が人に向く。そうして、人の名前が土地の名前になったりもするのですね。

例えば、サンフランシスコは、聖フランシスコを街の名に付けています。

他にも興味深かったのは、日本語の周波数はとても低く、**125〜1500ヘルツ**ですが、イギリス英語などは2000〜1万2000ヘルツと大変高いことです。中国語は500〜3000ヘルツで割と高く、ロシア語は125〜8000ヘルツという広い周波数帯ですが、上のほうの周波数はやはり高い。

各国語の周波数領域

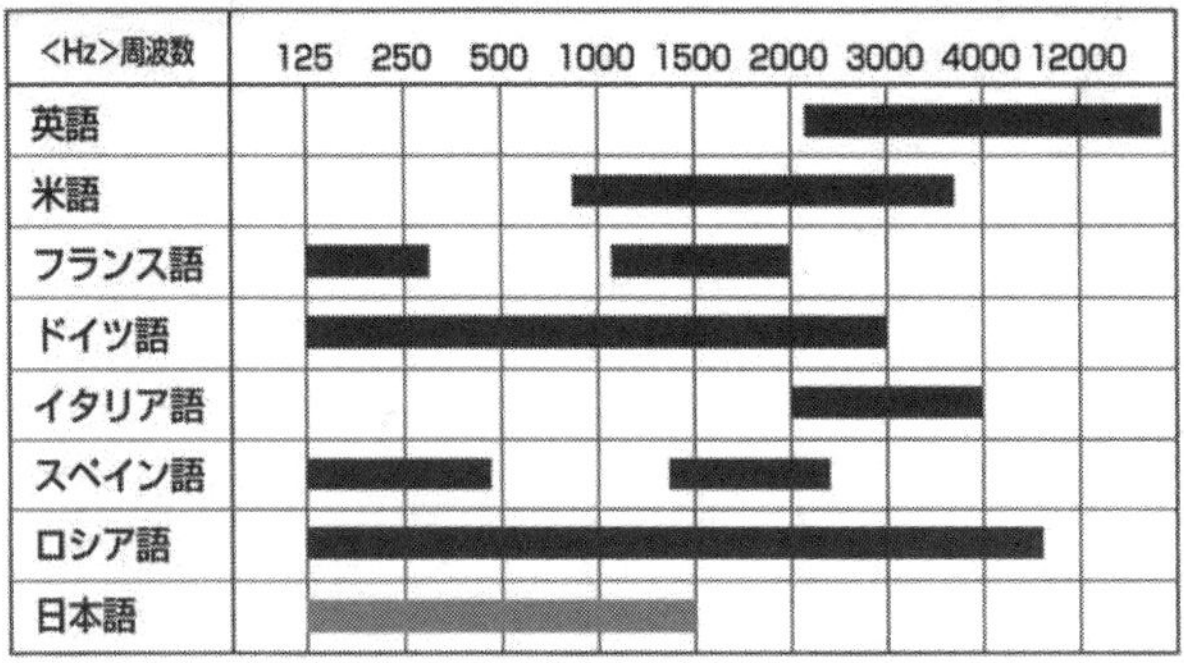

英語のバスバンドは 2000ヘルツ以上で、これに対しスペイン語、フランス語、日本語はそれ以下の音域に属している。
（村瀬邦子著「最強の外国語学習法」〈日本実業出版社〉より）

174Hz　意識拡大と進化の基礎
285Hz　多次元領域からの意識拡大と促進
396Hz　トラウマ・恐怖からの解放
417Hz　変容の促進
528Hz　DNA の修復
639Hz　人間関係の修復
741Hz　表現力の向上
852Hz　直感力の覚醒
963Hz　高次元、宇宙意識とつながる

ソルフェジオ周波数

日本語の低い周波数は、生命波を活性化させていくソルフェジオ周波数（＊ストレスなどによってバランスを崩しがちな周波数の不調和に、波動を与えて共振させることで、本来の周波数を取り戻しリラックス効果をもたらす）と共振しやすくなるようです。

◎主語が空間に溶ける？　日本語にみる「同化力」とは

はせくら　また、日本人がなぜ自己主張をしないのかという、言語学的な理由ですが、言語学者の金谷武洋博士によると、英語の文法は形で例えていえば、クリスマスツリーのようなものです。頂点に主語が必ずあり、次に動詞が来て、その下に目的語などが続きます。

それに対して、日本語の構文は盆栽のようなスタイルで、鉢（述語が入っている）が一番大切であると。

例えば、「明日は、学校に行きます」という場合には、まず述語としての「行きます」が鉢としてあって、そこから「明日は」「学校に」という枝が並列的に伸びている状態です。

この場合、主語はいずこに？

保江　周りか、もしかしたら全体かもしれませんね。

はせくら　そうなのです。空間に溶けてしまっているのです。

保江　溶けているのですか。

はせくら　てっぺん部分がないとクリスマスツリーが成立しないのであれば、英語を話すとき、否が応にも自己主張が強くならざるを得ません。
けれども日本人が、「私、明日学校に行くわ」という場合は、主語をいう必要があるときだけです。それ以外は空間や述語の中に溶けて、含まれているのであえて言葉にしなくてよいのだそうです。ではもう一例、「富士山が見えた」になると……、

保江　I saw Mt. Fuji。

はせくら　やはり英語はIから始まっていますよね。それでは、日本語の「私」はどこにい

ますか？

矢作　全体でしょうか。

はせくら　はい、やはりその空間に溶けているように見えます。

保江　日本語では、富士山と**同化している**かのようですね。

はせくら　確かに。この「**同化力**」が日本語のすごいところではないかと考えています。つまるところ、日本人の性格は日本語が下支えしていた、ということなのかもしれません。

一方、英語の場合は、とにかくIでもItでも、まず主語が必要なので、どうしても最初にそこに意識が行きます。

けれども日本だったら、例えば子どもが転校したときに、親は先生にこう聞きます。

「うちの子はクラスに溶け込んでいますか」と。子どもが元気にやっているかという問いよりも、場のことを聞くのです。

こういった日本語の性質は、空間から中に入っていくという求心的な働きがあり、英語は我というところから遠心的に働いていくという、見事なまでの対比関係にあった、ということです。

保江　なるほど。面白い視点です。

はせくら　ではお調子に乗ってもう一つ（笑）。

川端康成の『雪国』の冒頭、「国境の長いトンネルを抜けると雪国であった」というイメージアートを描いていただけますでしょうか？

保江　こんな感じでしょうか（図1参照）。

はせくら　そうですね。日本人が描けば、たいていこのような構図になることでしょう。

図1

では、英語ではどのような図が想像されるでしょう。
「the train」を主語にすると、訳文は、「When the train passed through the long tunnel at the border, it was a snow country.」になります（日本文学研究者で翻訳家のサイデンステッカーの訳は、「国境」をカットしています。「The train came out of the long tunnel into the snow country」）

矢作　列車が、トンネルから雪国に出てくるわけですよね。

保江　こうかな（図2参照）。

はせくら　ありがとうございます！　このクイズは、ＮＨＫの語学学習の番組で放送したそうです。
この二つの絵は、全く違いますよね。

図2

日本語での図は、主人公はどこにいますか。

保江　汽車の中に乗っていますね。

はせくら　英語のほうは。

保江　第三者として傍観していますね。

はせくら　英語に代表されるようなタイプの言語を話すほうは、そのような視点なのですね。

日本語のほうは、自分が見えている状況の中に私が含まれています。

保江　そうですね。自分は中に入っている。英語の場合は、外からの視点があります。

しかも二人称は、英語の場合は You しかないのです。フランス語やイタリア語は、親称と尊称があるでしょう。

矢作　ドイツ語でもそうですよね。

はせくら　英語はYou一択です。だから、英語スピーカーは偉そうにならざるを得ない、ということだったようです。

一方、日本語の場合は、風景や空間、対象物に溶けていなくなってしまう……、一体感があるのです。

そういえば、パリに住んでいた小説家のモーパッサンは、当時、できたばかりのエッフェル塔が大嫌いだったそうです。なのに、どこからでも見えてしまう……それで、塔の見えないところに行きたいと思った彼は、あるところに行くと見なくて済むことがわかったそうです。その場所は……？

保江　エッフェル塔の中。

はせくら　さすが即答ですね！　彼は、エッフェル塔の中にあるレストランで打ち合わせや食事をしていたそうです。日本語の視点は、まさしくこの感覚かなと思いました。

保江　なるほど。面白い話ですね。

◎母音を最初に捉えるのが左脳か右脳か

はせくら　この主語を必要とするかしないかについては、東京電機大学の教授で、人工知能の専門家である月本洋博士の研究が興味深かったです。

それは、主語の省略度と、母音を語る割合―**母音比重度が相関関係にあった**のだそうで、さらに紐解くと、主語の省略度は、母音処理をどこでするかという、脳の処理様式と関係することがわかった、ということなのです。

先ほどお話ししたように、日本語とポリネシア語は、母音中心の言語で、それ以外は子音中心の言語です（以下、母音語族と子音語族と便宜上の区分けをします）。

優位性のパターンの比較

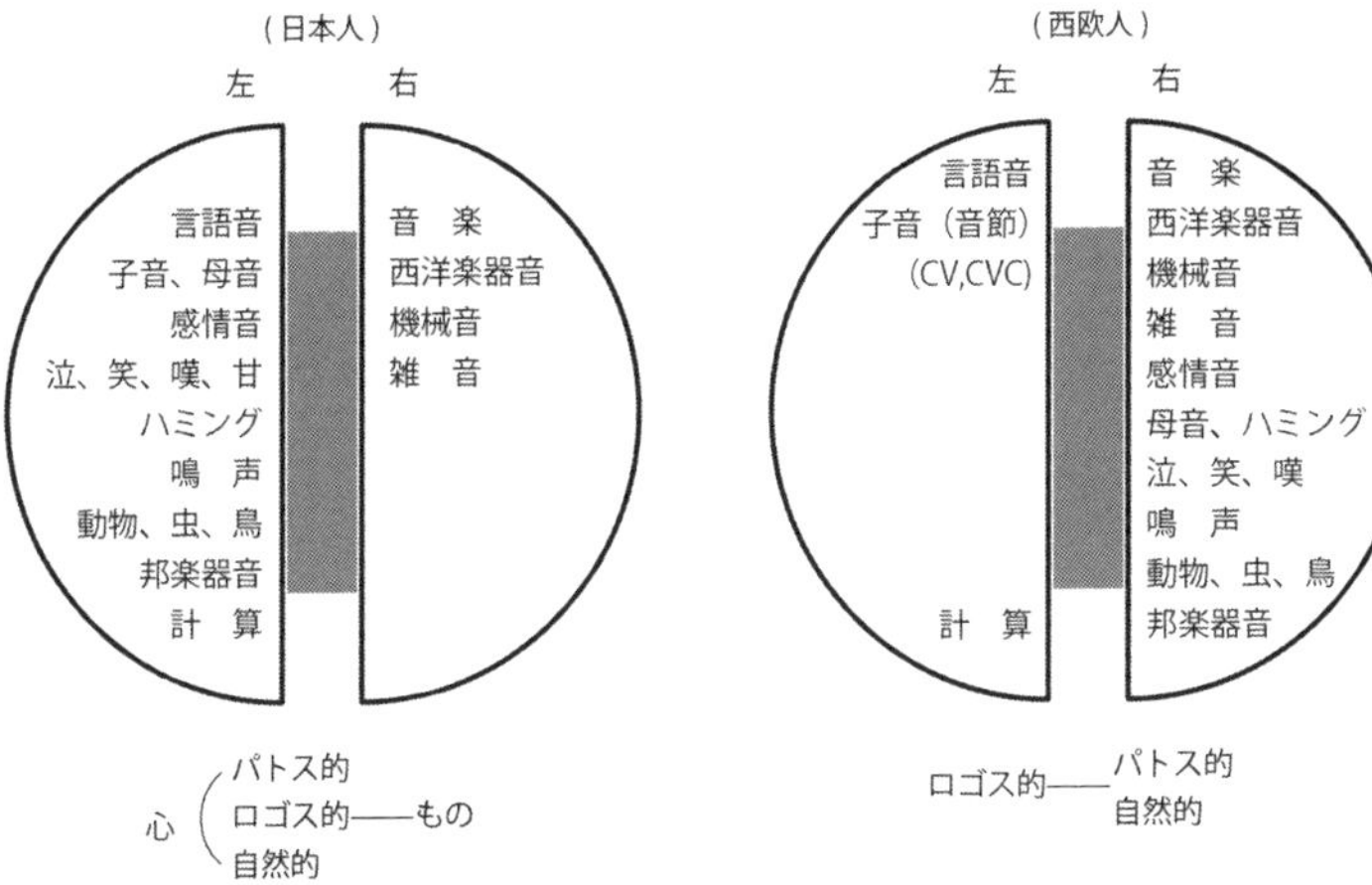

日本人の脳　脳の働きと東西の文化　角田忠信著　大修館書店より 1978年刊

子音語族は発語を開始する際、内的に聴く母音を右脳の聴覚野で聴いて、右脳で母音を処理するようですが、母音語族は母音を左脳で聞きます。

なお、もともとある機能として、自他を区別する部位は右脳に属しており、言語を話す部位は、左脳にありますものね。

保江　そうですね。

はせくら　母音語族は母音も子音も左脳で聞き、子音語族は、母音は右脳で自他の分離の部位も刺激してから、左脳の言語野に伝達されるとのことです。母音語族は、右脳から左脳への移行がなく、そのまま左脳の言語野で

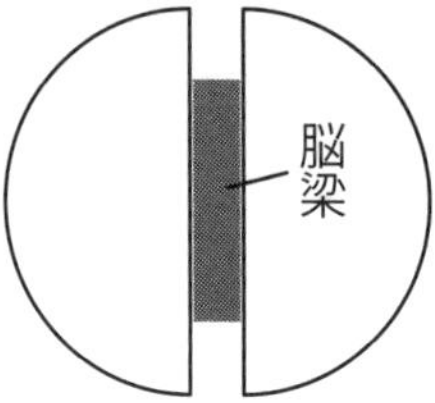

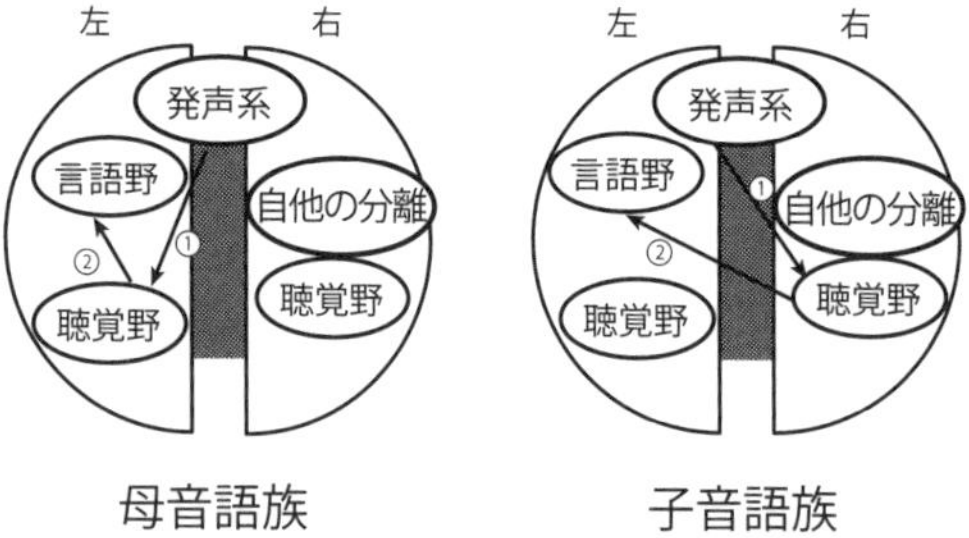

発話開始時の信号伝達
「日本人の脳に主語はいらない」（月本洋著　講談社）を参考に、はせくら氏作図

話すことが可能となるとのことです。

どの部位で母音を処理するかについては、まずは、東京医科歯科大学の名誉教授であった、角田忠信《つのだただのぶ》博士の研究がわかりやすいので、こちら（61ページのモデル図）を見ていただければと思います。

保江　日本語は**左脳優位**ですね。

はせくら　そうなんです。角田氏の研究については、後でまた触れたいと思うのですが、今しがたお伝えした「自他の分離」との関係性は、東京電機大学教授である月本博士の研究によるものですので、そこに少し戻りますね。それは、日本人を含む母音中心の言語の人たちは、母音を左脳の聴覚野で聴いて、左脳の言語野で語るので時間差を必要とせず、そのまま発話できるのだ、ということです。

保江　発話が早いのですか。

はせくら　早いというか、そのまま音声として発話することが可能となるようです。

それに対して子音語族の人たちは、全ての音声のもとである母音を右脳で捉えてから、左脳の言語野へと脳梁の橋を渡って伝達するようです。

このとき、右脳の聴覚野の近くにある、自他の分離を刺激してから、左脳の言語野で発語するということでした。

ということは、右脳から左脳へ伝達される際に、数十ミリ秒の時間差が生まれるのだそうです。

それが、子音中心で語る人たちの脳の処理様式であり、英語やドイツ語といった子音中心の言語に、主語が必須とされる理由であったのだと。

保江　時間稼ぎもあるということですか。

はせくら　時間稼ぎ……というか、自他の分離を通るので、認知的に、自分が自分であると知っている自己から、言語的な自己（IやItという主語）を使って、言語野のある左脳で語るということでした。

ただ、少し驚いたのは、**子どもが言葉を覚えるときの最初は、右脳経由**からなのだそうです。

保江　意外ですね。左脳のような気がするのに。

はせくら　言葉を覚える頃の子どもは、最初は**感性経験をもって右脳で捉えている**。

それは全て、身体的なイメージと結びついていきます。

そして、だんだん習熟してくると、機械的に処理できるようになるので、左脳に移っていくというプロセスを辿るのだそうです。

例えば、お母さんという言葉は、ほぼ世界中の言語がMの口の形から始まっていますね。

マとかム。フランス語ではママン……？

保江　ママンともいいますが、メールともいいます。

はせくら　あ、そうか。日本語だと最初は、ママですね。

子どもは、母という存在と単語を、話しかけているときの匂いや、他の情報全てが入った状態で覚えていって、右脳にあるミラーニューロンを使いながら模倣し、言語の習得をするのだそうです。

そして、お母さんを表す言葉にM音が多いのは、おっぱいを飲むときの口の形と一緒だからとも。

保江　確かに……ドイツ語はムッター、イタリア語やスペイン語ではマドレですね。

はせくら　他に、言葉の歴史を調べていて、少し驚いたのが、昔の英語（古英語）では、主語をあまり必要としなかったということでした。

主語が必須となったのは、シェイクスピア以降からとなっているのだそう。ということは、近代資本主義の増大とともに、主語を入れるようになった……ということになりますね。

保江　そのあたりは、「ザウ　ザイ　ジー　ザイン（＊thou　thy　thee　thine　古い時代の英語での you　your　you　yours にあたるもの）」の時代ですか。

矢作　シェイクスピアもフリーメイソンでしたから、何か意図的なものを感じますね。

はせくら　次に、母音に関してですが、イタリア語やスペイン語は比較的母音率が高く、最も低いのが英語とドイツ語となるようです。

つまり、子音中心となる言語であるということなのですが、その分、言語的には、自他の区別が明確となって、権利を主張しやすくなります。

発音という観点からいえば、子音は、自然音である母音の息を制御し、コントロールすることで出す音声なので、そもそも境界線を作らないといけないわけです。言葉が境界線を作っていくので、一生涯その音を発することによって、意識も「違いを明確にする」や「権利や義務」に向かいやすい性質があるそうです。

けれども、日本語は母音のままで、右脳にある自他の分離を刺激することなく、左脳の言語野で母音を処理するため、**違いを明確化させるよりも、「同じ」であることに意識が向き、無意識で繋がりやすい性質を持つ**ということだったようです。

よって、言葉は武器となって働くこともある子音が連なる言語と、言葉は繋がりや愛を見い出す道具として働きやすい母音が連なる言語、といった区分けができるようです。

保江　**言葉は武器、言葉は愛**、いい得て妙ですね。

はせくら　そうですね。とはいえ、日本語の無意識下での繋がりやすさが、逆に同調圧力となって働きかけることもあるので、一概にいいとはいえませんよね。

ところで、先ほどの左脳から右脳の時間差のことですが、日本人は自分が自分であると認識する「認知」の自己と、言葉で語る自己が一緒なので、わざわざ言葉として語る必要を感じなくなるようです。

これを認知的主体と言語的主体というのですが、英語は言語的主体をいわないと文法として成立しません。

保江　言語的主体と認知的主体というのは、面白いですね。

はせくら　そうですよね。この部分に関しては、脳内で聴く内的な音が関係するようですね。脳内には発音系と聴覚系があり、先述のように、発語するときに、まず脳内で内的な音として聞いているそうなのです。

具体的には、神経信号が伝わって聴覚系に行くそうなのですが、矢作先生、この説明で合っておりますでしょうか。

矢作　そういわれていますね。

はせくら　内的な音として、最初に聞こえるのは母音で、日本人は、左脳聴覚、左脳の言語野、神経と伝わることで、認知的な主体の私と共に、言語的な動詞がきます。

日本語では、そうした認知的な部分の比重が大きく、一方、英語では右脳で聴く母音の認知的な主体はあれど、話すときには左脳に移行するため、言語的な主体としての自己が出てくるとのことです。

保江　なるほどね。確かにそうです。

◎日本語の特徴とは？

はせくら　では次に、日本語の特徴についてお話しします。

前出の言語学者、カナダ在住の金谷武洋博士は、現地で日本語を教えながら、日本語はそれほど難解ではないとおっしゃっているのです。

理由としては、まず**文法が簡単**だということ。人称による動詞の変化もないし、主語も省略されています。

次に、**発音が簡単**です。一音一音が、はっきりしていますしね。

さらに、基本構文はたったの**三つ**。**動詞文**か、**形容詞文**か、**名詞文**か。

（＊構文の例。名詞文　私は　女子です。形容詞文　赤ちゃんは　かわいいです。

動詞文　ケーキを　食べます）

これらの構文は、主語がなくても成立します。つまり、伝えたい部分だけをいえばいいのです。そして、名詞文も形容詞文も動詞文も名詞だけ（例　私よ）、動詞だけ（例　行くわ）、形容詞だけ（例　寒いね）でも、文としてはオッケーなのです。

だから、その先生は教え子のカナダ人に、

「とにかく、単語さえ覚えていればなんとかなるから」といっているらしいです。

保江　確かにそうです。

はせくら　他にも、日本語は人間に注目するよりも、環境や自然、状態に注目するというのが特徴のようです。

ところで、先生方は、「**タタミゼ**」という言葉を聞いたことがありますか？

もともとは、１８６７年のパリ万博の頃の、ジャポニズムを指す言葉のようですが。

保江　フランス語の響がありますが、知らないですね。

はせくら　これはフランスでの造語らしいのですが、最初は「畳の上の暮らし」を意味していて、日本風の室内様式を取り入れることを指していました。

転じて、最近は、日本びいきで日本人っぽくなった人のことをいうようです。

保江　シロガネーゼみたいなものですね。

はせくら　ですね（笑）。そんな「タタミゼ」の人になると、穏やかで優しくなって、強い自己主張もしなくなるそうです。

例えば、「おかげさまで」や、「どうぞ」といった言葉が自然と出てくるのだとか。

……となると、例えば、世界中の人たちが日本語を学ぶことで、何らかの良い影響が出るのではないかと思いまして。

保江　そのとおりだと思います。

はせくら　タタミゼ計画（!?）なんてできちゃったりして。

◎世界を平和にできる四則和算に不可欠な「日本語」

矢作　私の友人に、光吉俊二《みつよし》さんという彫刻家がいます。武道家でもあり、東京大学大学院の工学系研究科の准教授でもあります。

保江　いつぞや会わせていただきましたね。

矢作　彼は、「**四則和算**」、光吉の関数を創案しています。

それは、ネットなどでも、量子もつれのメカニズムを紐解き、新しい反宇宙へゲートを開く数理として、哲学者から物理学者、医師までの注目を集めているとされています。

感情までも分析できるという関数なのですが、彼が賢かったのは、日本語でなら、その関数が理解できるようにしているところです。

逆にいうと、日本語ができないとわからないようになっているのです。

はせくら　それはすごいことですね。

矢作　結果として、みんなが日本語を使えるようになれば、世界が平和になるということなのです。これは、私も前からいっていたことで、ずいぶん前に光吉さんに、「世界が平和になる科学的な方法を見つけられるといいね」といったら、本当にそんな関数を作ってしまいました。

「四則和算」というのは、四則演算の割算や掛算ではなく、切算《きりざん》、動算《どうざん》、重算《かさねざん》、裏算《うらざん》というものなのです。

切算について説明しますと、例えば1割る2は、普通の割算では0．5でしょう。けれど、例えば切ったのがりんごだったら、真っ二つに割れることはなかなかないので、0．4と0．6とか、0．3と0．7など、二つが必ず存在するという関数を作ったのです。

それを使っていろんなことを普遍的にしていって、最終的にはブラックホールとホワイトホールまで、数学で説明しているのです。

アメリカの諜報機関からも注目されているそうで、おそらく、近いうちにもっと知られるようになってくるんじゃないかと思います。

彼がいうには、これは年齢が若い層のほうがよく理解できるらしいですね。

保江　一時《いっとき》流行った、曖昧論理、ファジィ論理に近いものでしょうか。

矢作　曖昧論理も空間との共有という概念だとすれば、基本的には一緒ですね。それを彼は、数学でとことん突きつめているところがすごいのです。私は、そのレベルになると全然わからないんですけれども。

ペッパーくんというソフトバンクのロボットがあるでしょう、あれの感情を作ったのが、その光吉さんです。

インターネットを検索してみると、何をやっている人かがよくわからないのですが。日本語を使わないと理解できない学問を作っちゃったところが、まずはすごいですね。

はせくら　楽しすぎますね。

保江　これまで、国際的な外交用語がフランス語や英語だったのが諸悪の根源で、これを機会に日本語に変えるべきですね。

矢作　後のＣＩＡの前身になったＯＳＳ（＊戦略情報局）は、第二次世界大戦でアメリカが日本を負かした後に日本で言葉狩りをして、実は童謡までいじっています。

はせくら　そうだったのですか。

保江　そうらしいですね。

矢作　例えば、「夕焼けこやけで日が暮れて」という短調の歌も、みんなで歌うと雰囲気が変わります。

保江　逆に楽しい歌になるのですね。

矢作　祝詞《のりと》と一緒で、集合すると共鳴、共振して、非常に陽的な力になるそうです。

いずれにしても言葉が重要らしくて、それでＯＳＳは童謡を徹底的に調べ、戦前だったら子どもたちが歌うことで盛り上がるところを、そうならないように作り変えたのです。

ＧＨＱは、そんなところまで調べていたのですね。まさに神の視点を持とうとしたかのような。

はせくら　そういう分析の力という意味では、さすがですね。

矢作　母音語族と子音語族の違いに付け加えるとすると、子音語族は、空間の全てがワンネスだとか、自分と同じだと思っている人たちではない。

他者と自分として分かれた視点を持つかどうかは、人を疑うかどうかと同等なのです。

日本人は、本気で人を疑ったり、一見、悪く見える人でも悪人と決めつけることができな

いところがありますよね。

はせくら　そうですね。

やっぱり母音の人たちだから、そもそも自他の分離があまりなくて、話せばわかるという幻想を抱いてしまいがちだと思います。

矢作　誤解をしてしまうのです。だから本当は、日本語の特徴というのを、良くも悪くも全部洗い出さないといけないのでしょうね。

はせくら　そういうことなのですね。

そういえば、言葉と自然環境を考えたとき、面白い気づきがあったのです。

それは、日本などの海や山に囲まれた場所では、遠くまで聞こえやすい音が必要となるので、どうしても母音中心となりやすく、一方、砂漠の国では、母音のように大きな口を開けてそのままでいると、砂が入ってしまうので、言葉尻が短い子音になるのかもしれないと。

さらに、**自然の恵みに生かされて食物を得る文明と、生産管理して家畜を育てる文明**では、自然との向き合い方も変わってくるでしょうし、子音中心に生涯話すことで、どうしても区分や境界線を明確化する考え方になってくるのかなと思いました。

保江　本当ですね。

はせくら　例えば、そうした境界線を超えるためには、定期的に「I love you」といって、エッジをなくすように働きかけているのかもしれません。

日本の場合は、わざわざ「愛してます」とはめったにいいませんものね（笑）。それは、母音の働きが、見えない繋がりとなって働いているからではないかと。

矢作　日本ではＣＩＡとかモサドのような、人の人格まで無視するほどの諜報部はないでしょう。

保江　母音でみんな、繋がっちゃいますからね。

はせくら　そうですね。

他にも、日本語は、**同音異義語**が、しれっとパラレル展開なので、そのたびに脳には、様々な世界の心象イメージが浮かんでいることになります。

これって、すごく豊かな脳内劇場を組み立てられることに繋がりますよね。

保江　なるほど、そうだ。豊かですね。

はせくら　話が少し変わりますが、村上春樹氏の小説は、英訳がとてもしやすいのだそうです。

保江　海外でも人気がありますよね。ノーベル賞候補にもよく挙げられていますし。

矢作　その話、聞いたことがあります。村上春樹は、もしかしたら、最初に英語で書いてから日本語にしているのではないかと。

けれども、司馬遼太郎氏の小説を英語にしたら、雰囲気が全く伝わらなくなるといわれたりしますよね。

はせくら　きっと、空間や場を伝える力が大きいのが日本語なのでしょうね。

保江　よく理解できます。

◎日本文化の象徴は風呂敷

はせくら　日本語のことを追求していたら、だんだん日本文化が、ある日本の伝統的なものに見えてきたんです。

保江　何だろう?

はせくら　それは、風呂敷です。どんな形のものであれ、とりあえず包めてしまうというところが、日本っぽいなぁと思ったのです。

漢字でも、外来語でも、仏教でも、受け入れて、包み込んでしまう……。しかも、中で、発酵、醸成させて、もとよりさらに使い勝手よく、自国流に変えてしまうのがたくましいなと思ったのです。

ちなみに、発酵は縄文時代より行われていたようです。

保江　縄文時代は、果実を発酵させて、果実酒を愉しんでいましたよね。

縄文時代で、思い当たることがあります。

少し長くなりますが、最近の僕のマイブームについてお話ししてよいでしょうか？

はせくら　もちろん！　よろしくお願いいたします。

パート2 「緊縛」が持つ自他融合力とは

◎驚きの緊縛体験！　緊縛が持つ自他融合力とは

保江　今年（2023年）の夏に京都に行ったとき、ホテル近くの喫茶店で朝食を取っていました。

するると、常連客らしい若い女性が入ってきて、僕に気づくと、「保江先生ですね。私は先生のファンなのです」とおっしゃるので、同席してもらって、5分くらい雑談しました。すると突然、「今から、きんばくしを呼びましょうか」というのです。

はせくら　突然そんなことを（笑）。

保江　はい、なんの前フリもなく、突然にです。僕には馴染みのない言葉で、「きんぱくし」と聞こえたから、「仏像に金箔を貼る人かな」と思って、「いや、僕は仏像には興味がないんですよ」と答えると、「いえいえ、違います」と。

矢作　縛るほうですよね。

保江　よくおわかりですね。

「プロとして裸の女性を縛る人が緊縛師です」とおっしゃいました。そっちなら興味がなくもない（笑）。

彼女がすぐに電話をすると、残念ながらその日は東京に緊縛のセミナーに行かれていたので、次回、京都に行ったときにお会いできたらいいですねということになりました。

緊縛についてのお話を聞いてみると、その先生は、映画のヒット作で売れっ子の女優さんを縛った方でもあるとのことでした。

また緊縛は、アダルト的な趣味でやる場合がほとんどなのですが、その先生は緊縛を芸術としても表現されているそうです。その上、縛られた人が覚醒するような経験まで生み出すこともできるという。薬を使わない覚醒ツールにもなるとのことでした。

そのときは新幹線の時間が迫っていたので、連絡先の交換もせず、次回、その喫茶店のマスターに聞く、ということにして店を後にしました。

ところが、次にそこに行ってみたら閉店していたので、その女性の連絡先はわからずじまいです。


さて、その女性との出会いの直後に、東京で講演会があったのですが、終盤にこの喫茶店での出会いの話をして締めくくりました。

するとその日の夜、講演会に来ていた一人の女性からメールが届いたのです。

「私はもう、10回以上縛られています」というびっくりするような内容でした。

最初は娘さんが、芸術的な緊縛の写真を見て、

「お母さんも、縛られたら綺麗で絵になると思うよ」と提案してきたので、親子で縛られに行ったのだそうです。

そして、一度縛られたら内面の何かが変わった……、それで、何度もリピートするようになったと。

そこで、僕もお返事を書いて、どういう変化なのかを尋ねてみました。

人間は普段、自分の皮膚感覚を意識することはありません。意識するのは、怪我をしたときくらいでしょうか。

ところが縛られると、皮膚感覚がものすごくはっきりしてきます。その皮膚に閉じ込められているのが自分で、皮膚の外側が外界である……。けれども、実際には、外と思っていたものは皮膚がそのように感じさせているだけだと認識できたというのです。

それがわかると、皮膚を超えて自分が限界なく広がっていき、全部と繋がった……。

彼女は神尾郁恵さんという方で、ヨガのインストラクターだったのですが、縛られることで自分が解放されて全てと一体になり、他人のいろんなことについてもわかるようになりました。

そこで、ヨガなどを組み合わせた自己流の女性専門の整体治療を始めたところ、とても人気が出たのです。現在は、埼玉の医師とタイアップして、二人で治療しています。

それで僕も、俄然興味を引かれて、緊縛が実現したわけです。

はせくら　先生が縛られたのですか。

保江　それが、違うのです。神尾さんのお師匠が縛りに来てくださるというそのとき、僕は体調を崩していたからやめておきました。

僕の事務所に来ていただくことになっていたので、当然、僕の秘書やそうしたことに興味を持ちそうな女性たちに声をかけたのですが、次々と断られてしまって。

結局、大学の教え子の一人が、「いいですよ」といってくれて、お師匠と、その子と僕と、助手として来てくれた神尾さんの4人がいました。

矢作　役得ですね。

保江　はい。僕もそう思って、最初は鼻の下を伸ばしながら気楽に見ていたのです。ところが、後ろ手に縛られていった教え子が、最初はニコニコしていたのに、真剣な顔になってきて、「少し怖い」といい出しました。

その途端、僕は我に返り、「僕しかこの子を守れない状況だ。やめてほしいとなったときには、僕がストップをかけなきゃいけない」と思い始めました。

それからはずっと、必死の思いで見守っていました。しばらくすると、「もう怖くなくなりました」といったので少し安心しましたが、ずっと見守る気持ちのまま最後まで見て、無事終わったのです。

はせくら　どのぐらいの時間がかかるのですか。

保江　縛るのに40分ぐらいです。

はせくら　結構かかるのですね。

保江　繊細な感じですからね。特別な技術が必要で、流派によっていろいろな巻き方があるようです。

縛りに使う麻縄は、薬草で煮込んで、最後に蜜蝋を塗布してあります。

はせくら　じゃあ、滑らかなのですね。そうでないと痛いでしょうし。

保江　縛り終わるまで40分、それからだいたい10分ぐらいそのままにしておきます。

はせくら　放置されている間、縛られた人は何をしているのですか。瞑想でしょうか。

保江　後で聞いたところ、縛られ始めたときから変化が起きるそうです。

「胎内にいたときの感覚ってこうだろうな」という気持ちになったとのことでした。

見ていると、きつく縛っているわけではないのに、全く動けない。プロの縛り方だから、1ミリも動けないのです。

だから、彼女が「怖い」といったのは、胸の呼吸の動きすらままならなくなってしまったからだということでした。おそらく、胸式呼吸を制限することで、無理やり腹式呼吸にさせるのだと思います。

はせくら　赤ちゃんのときの呼吸ですね。

保江　そうです。だから、呼吸も静かに深くなっていきます。その後、10分ぐらいその状態で放っておかれて、縄を解いて1ラウンドです。だから全部で1時間ちょっとくらいでしょうか。時間の長さは、人によるみたいですね。

そのときはそれで終わったのですが、翌日の朝に起きたとき、びっくりしました。縛られた教え子が、まるで自分と重なって存在しているかのように思えたのです。

はせくら　先生が、そんな感覚になったのですか。

保江　なんと、ただ見守っていただけの僕が、そんな風になったのです。

そこにリアルにいる感覚で、その子と僕の距離が、本当にゼロになっていました。

その後、いつも朝ごはんを食べる近所のカフェに行くと、応対してくれる馴染みのスタッフとも心理的距離がぐんと近くなっていることに気づきました。

教え子のような一体感ではないけれど、非常に近くて、「これはいったい何だろう」と思いました。

その日は道場に行きましたが、ひょっとして相手との心理的距離がほぼゼロに近いという状態が、僕が教える合気にも影響を与えるのではないかと思ったのです。

そこで、一番体格のいい古い門人たちにかかってこさせたら、僕もびっくりするくらい、全員が崩れ落ちるかのように倒れました。僕は何もしていなかったのに。

おそらくこれが、合気道の開祖の植芝盛平《うえしばもりへい》先生の状態だったのではないでしょうか。本当にすごいと思いました。今までは、合気の技をかけるのに、努力していたのですから。


一方、縛られた教え子本人からは、極端な変化はないというメールが来ました。でも何かいい感じがするので、もう一度縛られたいというのです。

そこで、1週間も経たないうちに、もう1回縛ってもらうことになりました。

今度は2回目なので、違うかたちにするということで、本人にアイマスクを付けさせたのです。そうすると、余計に効果が出るとのことでした。

僕はそのときも、必死で見守っていました。まあ、2回目だし、緊縛の先生とも前回に一緒に飲んで、ある程度親しくなっていたので、1回目ほどの緊張はありませんでしたが。

けれども、そのときの足の縛り方に驚きました。出産のときのように足を開いて縛り始めたので、すごいことをするなと思ったのです。本人も言葉が少なくなっていって、呼びかけてもあまり返事をしないので、少し心配になりました。

ところが、後で聞いたら、本人はそのときには幽体離脱のようになって、上の方にいたそうです。

矢作　胎児感覚になったわけですね。意識が見ていた……、素晴らしいですね。

保江　そうなのです。緊縛の先生曰く、それがお腹の中の胎児の姿勢に一番近いそうです。

矢作　もし3回目があるとしたら、縛られている間に傍証となるような、何らか動きをしてもらうといいかもしれませんね。

保江　はい。その日はそれで終わったのですが、翌朝、起きたときに、また僕に変化がありました。

1回目の後は、その子がすぐそばにいる感覚で、距離がゼロになりました。

今度、真っ先に出てきたのは、「**愛しくて愛しくて、可愛くて可愛くて**」という言葉と、その思いでした。

『DAIJOBU』 配給：レイドバック・コーポレーション

はせくら 素敵ですね。

保江 なぜそのような言葉が出たのか、思い当たることがありました。

実は、その1ヶ月ぐらい前に、木村衛《まもる》さんという映画監督に、彼が撮った『DAIJOBU』という作品の批評を書いてくれと頼まれたのです。

それは、今年亡くなられた村上光照《こうしょう》さんという禅僧と、大阪のヤクザの大親分との交流を描いたルポルタージュ映画でした。

僕にその批評を依頼してきた理由は、その禅僧は京都大学で理論物理を専攻していて、湯川秀樹先生の弟子だったという繋がりがあったからです。僕も湯川先生に師事していましたから、同門のような関係ですね。

そして、関西地区の朽ち果てたような古いお寺に住み着いて、そこを補修しながら禅定《ぜんじょう》にふけったという方でした。

はせくら　素晴らしい方なのですね。

保江　映画の試写を観ましたが、ヤクザの親分が、「禅の極致はどういう状況になるのか」と聞くと、そのお坊様が、「生きとし生きるもののみならず全てのものに対して、『愛おしゅうて愛おしゅうて、可愛《かわゆ》うて可愛うて』という気持ちになるのが禅の究極です」という説明をしていました。

それが心に残ったので、批評の中でも「愛おしゅうて愛おしゅうて、可愛うて可愛うて」というセリフを取り上げ、パンフレットに採用されました。

はせくら　それはすごいですね。

保江　2度目の緊縛の翌朝、その子に対して、その禅僧と同じ気持ちになっていたのだと思います。

その日、道場での稽古があったのですが、そこにいた門人の一人が、

「今日はなぜこんなに優しいんですか」というので、いつもと同じだと答えると、

「雰囲気がまるで違う」といわれました。

それで前回のように、相手との距離がゼロで合気もいらない状態になっていることに気づきました。襲いかかってくる相手にも、「愛おしゅうて愛おしゅうて、可愛うて可愛うて」という気持ちでいれば、みんな勝手に崩れ落ちます。僕は何もしなくていいのです。

はせくら　襲おうとすると、フラッとなるのですか。

保江　僕に当たろうとすると、ふにゃんと力が入らなくなります。

昔から、武芸者を指導したのは禅僧でした。宮本武蔵や柳生宗則は沢庵和尚に師事していました。その理由は、これを求めていたのだとわかったのです。

それ以来、よその子どもが暴れて大声を出していても、腹が立たなくなりました。もう何を見ても、「愛おしゅうて愛おしゅうて、可愛うて可愛うて」としか思わないのです。

はせくら　先生は縛られていないのに、見ているだけで変わったのですね。

保江　技術を超えたものがある。まさに日本文化ともいえるこの緊縛は、すごいものです。そばでハラハラしながら見守っていた僕が、禅僧の辿り着く、「愛おしゅうて愛おしゅうて、可愛うて可愛うて」という境地になれました。

そしてそれが、実は武道の奥義だったという事実は、残しておかなければいけないと思うのです。

武道の奥義は、今、ほとんどの練習者がしているように日夜鍛錬をしなくてはならないものではない。この境地にさえ立てれば、全てと一体となり、道が開けるのです。

きっと昔は、宮中や城内で、天下人の方々が、例えば自分にとって大切な人が目の前で縛られるのを見守ることによって、全てのものが「愛おしゅうて愛おしゅうて、可愛うて可愛うて」という状態になれたのではないでしょうか。

それで真の、将軍や天皇になれたように思うのです。その頃は、必修科目的なものだったのではないかと。

そして、縄といえば**縄文**です。縄文の頃からもすでに、これに類するような儀式があったのではないでしょうか。

◎麻が持つ力――縄目は生命の刻印

はせくら　今のお話をうかがっている間にずっとイメージしていた形があるのですが、それは縄文前期の土器なんです。あれは単なる入れ物ではなくて、意味や物語をメタファーとして表しているものであったようです。

いろいろ見て回ったのですが、私としてはやはり、生命が生まれていくということの一つの象徴的役割を示す創作物であったように思います。

保江　**生命を醸し出すもの**ですね。緊縛が、縄文時代からの技術だと僕が思っていた理由は、縄文土器に文字通り縄の文様が入っているからです。あの縄文の火焔土器は、中で食物を発酵させるためにも使っていましたから、**命を育むという役割もあった**のです。産み、育んでいたのですね。

はせくら　産むという「むすひ（産霊・結ひ・結び）」の象徴として、縄目の模様を刻んでいたのではないでしょうか。

縒《よ》って作る縄は、蛇の交尾ともいわれ、脱皮を繰り返す蛇は、永遠の繁栄、生命力のシンボルとして、古代社会においては重要視されていました。

そのシンボルを土器に刻み、「神迎え」（命を迎える）や「神送り」（命を送り出す）として、祈願のために、あるいは成就を祝っていたように思うのです。

緊縛も、それと似たシステムのように感じます。

保江　そうです。麻縄で縛ると、元に返ることができるということも感じました。

はせくら　麻ですからね。素に戻るにも、重要なアイテムといえます。

保江　例えば、縄文時代に身ごもることが難しい女性がいたとしたら、今ならいろんな治療法があるのでしょうが、当時は麻縄で腹部あたりを巻いていたように思います。そうすると、子宮や骨盤の位置や角度などが正常に戻り、子どもを授かることができるようになったのではないでしょうか。

つまり、麻縄で縛ることが、生命を生む何かだと縄文の人はすでにわかっていた。

はせくら　知っていたと思います。

保江　そして、女性が腹部を縛っていたのと同じように、土器を作るときにも生命力を高めるものとして、同じように縛った上で焼いていたのでしょう。縄は燃えて消えるけれども、縄の跡はちゃんと文様として残るので。

はせくら　生命の刻印ですね。

保江　子宮を縄で包み込んだら生命が誕生するとしていた縄文人たちが、土器からも生命の力を借りられるように、麻縄で縛っていたのでしょう。

この話をある友人にしたところ、彼がイギリス人の知人から聞いたという話をしてくれました。

英語のワイフ（妻）の語源を知っているかとイギリス人に聞かれたので、知らないと答えると、それは英語の weave から来ていると。これには諸説あるようですが。

weave は織り込む、包み込むという意味らしくて、エアウィーヴは空気 (air) を編む (weave) ように作られたマットレスという意味らしいです。

中世の頃は、イギリスやヨーロッパ大陸の男たちは、馬に乗って町から町に移動して暮らしていました。その途中で、村で気に入った女性が見つかると略奪していたのです。

そのときに、自分が羽織っているマントを脱いで、女性をそれでくるんで馬の鞍に乗せて連れ去っていたのですが、マントできつく縛るほど、女性はおとなしくなっていたという。その後、納得してその男の妻になっていたそうです。

そこから転じて、**妻として定着している女性のことを、ワイフと呼ぶようになった**と。

はせくら　ちょっと意外な展開ですね。中でもう動けないですから、覚悟を決めるしかなくなるのですね。

保江　赤ん坊も、おくるみできつくくるまれたら泣き止むのと同じで、安定感、安心感を抱かせるという効果もあるようです。

はせくら　子宮の中でも、しっかりくるまれていましたから。

保江　罪人も同じで、きつく縛られることで覚悟が生まれていたので、首討ちされるときも暴れなかったそうです。

風呂敷もまさに、縄と同じように縛ることができるものですよね。

矢作　モンゴルの遊牧民はしょっちゅう移動しますが、赤ちゃんをグルグル巻きに包むと、泣かずにおとなしくなるそうです。

はせくら　安心するんですね。

保江　さなぎとか、繭もくるんでいますね。

はせくら　繭になるからまた生まれます。

だから、この風呂敷の文化は、異質なものを自分の中に平気で取り入れる……、他の国から見たらえげつないぐらいまで取り入れて、文化を混合しながらも自分流にアレンジして出していく。古くは大化の改新ですが、それ以降、連綿と続いています。

矢作　海外から律令を入れたというお話ですね。

はせくら　はい。そうです。近現代では明治以降、西洋文化を取り入れて今に至っていますが、現在は、表面上は忘れかかっているけれども、潜在的なエネルギーは、やはりあると思うのですが……どうでしょうか？

矢作　そうですね。1世紀半、5～6世代を経ていますが、いくらかはあるように思います。

その最たるものが、今でも日本語が原型をとどめて使われていることですね。主語がなくても伝わる、つまり、自分を含めた場を包括的、かつ俯瞰的に捉える感性・視座を多くの人が自ずと理解できていることです。

この感性・視座が、日本人の特異的、かつ重要な性質だと思います。そしてこの性質は、もともと縄文人の、次元を跨ぐことができた意識から連綿と培われてきたものではないかと思います。

もう一皮剥けて、私たちが再び自在に次元を超えて意識を伸ばせるようになれば、一人ひとりが自分の役割を知って働けるようになるでしょう。

そうなることで、有機的に動く、大調和の社会が実現すれば、と願っています。

はせくら　本当に、そうできれば素晴らしいですよね。

後期旧石器時代に登場した局部磨製石斧《きょくぶませいせきふ》と共に「細石刃《さいせきじん》」というものが多く出土されているのですが、その使い方が秀逸なのです。

とても小さな矢じりのような形をしているのですが、使い方は、カッターの替え刃と一緒なのです。切れが悪くなったらそこだけ交換すればよいという便利なもので、それを旧石器時代の昔から作り、活用していたというのが驚きです。

ちなみに、戦後、カッターを発明したのも日本人ですし、世界最古の釣り針が出土したのも日本ですものね。

保江　本当ですね。裏打ちするような話になりますが、僕の専門である理論物理学の中でノーベル賞を取っているのは、ユダヤ系の人が多いから、だいたいイギリス、アメリカ、フランスなど、主にヨーロッパの白人系です。白人以外でノーベル賞を一番取っているのは、日本人なのです。

はせくら　やはり、そうだったのですね。

保江　中国人はゼロですよ。

アメリカ国籍を持つ中国系はいるけれども、中国籍のままで取った人はいません。韓国もゼロです。

はせくら　なんだかせつない話ですね。日本人の受賞者が多い理由の一つは、とりあえず、これって、風呂敷に何でも入れて、余計なエネルギーを使わずにじわーっと醸成させた上で、最大の効果を生ませる、ということなのでしょうかね。

保江　最大効率、大事ですね。

はせくら　最小の物質とエネルギーで、最大の効果となるよう、作り替える力？

保江　そうですね。醸成する……まさに醸《かも》し出す。

はせくら　醸すは、カム（神）じゃないですか。

保江　確かに、醸すは神だ。

はせくら　神化（かみか）させるのですね。

保江　風呂敷の話をうかがってから、お腹周りの縄を解いた後に、今度はそこを布で巻いて包んでいくというイメージに変わりました。

麻縄から麻布《あさぬの》への変化です。

はせくら　麻布といえば、大嘗祭でお使いになるという麻の織物──麁服《あらたえ》を思い出しますね。

保江　はい。それに、麻にはふんどしもありますが、ふんどしだって長い布1枚で大切なところを包んでいますね。

はせくら　確かに……。包むといえば、着物や浴衣も体に巻き付け、包んでいますよね。「包む」の語源は、「慎ましい」が変化したものだといわれているので、そんな感覚とも繋がっているのかもしれません。

保江　包まれたことで慎ましくなる……、まさに日本人を表していますね。

◎ネオ縄文到来の要となる「麻の活用」

はせくら　言葉の持つ本質について紐解いた「言霊学」の中で、麻は特別な意味を持つ植物といわれています。それは、利他的で高次の意識に基づいた社会を指し示す暗喩として使われているのです。

麻（大麻《おおあさ》）は、強烈な結界を張るだけではなく、高次元意識と繋がる依《よ》り代《しろ》（＊神霊の依りつくもの。神霊の出現を示す媒体となるもの）としての役割を果たすものです。

保江　やはり、**依り代**ですよね。

はせくら　はい。そういえば、かつてある武道の達人のところに、友人と一緒に出掛けたことがあるのですが、そのときに面白いことが起こりました。

保江　何が起こったのですか？

はせくら　武道の達人は、まず、会場にいた幾人かの人たちを横臥《おうが》（からだを横たえること）させました。そうして、彼らの肩に小指を触れると、皆、瞬間的に起き上がってしまうのです。まるで魔法を観ているようでした。

けれども、同じく横になっていた私の友人の番になったとき、いくらやってもびくともしないのです。

だんだん会場が騒めき始めた頃、達人はいいました。

「君、何かやっているでしょう」と。

「いえ、何もしていません」と友人はいったのですが、達人は、絶対に何かあるといって譲りません。そして、首の下あたりをみて、そのネックレスを外してくれないか、といいました。

すると途端に、友人は飛び起きたのです。実は、そのネックレスが麻でできていたのですね。百聞は一見に如かずで、本当に驚きました。

縄文時代より親しんでいた麻は、暮らしに密着した植物で、縄や衣服のみならず、様々な用途で活用されていました。

保江　食料にもなるでしょう。

はせくら　はい。栄養たっぷりの麻の実は食べられますし、油も採れます。

だから麻を復活していくことが、日本のネオ縄文の誕生だと思うのですが、するとどうしてもＴＨＣ（テトラヒドロカンナビノール）の問題が出てきてしまいます。

そのあたりをどう捉えたらよいのか、矢作先生、教えていただけますか？

矢作　日本古来の農作物としての大麻には、嗜癖が問題となるＴＨＣが少なく無害でした。ＴＨＣが問題となる海外の大麻は、マリファナ（インド大麻）として区別し規制していたので、乱用・依存症が問題になりませんでした。

ところが、英国による清国でのアヘン栽培による、清国人の凄まじいアヘン中毒蔓延がトラウマになった米国人は、我が国の敗戦後の占領中に、「麻薬」の使用を厳しく取り締まりました。

この麻薬とは、「アヘン、コカイン、モルヒネ、ヘロイン、マリファナ（大麻草〈カンナビス・サティバ・エル〉由来の薬物）、それらの種子と草木、いかなる形であれ、それらから派生したあらゆる薬物、あらゆる化合物あるいは製剤を含む」とされました。

それで、日本古来の大麻も、マリファナと同じように規制対象にされてしまいました。

はせくら　なるほど、そういうことだったのですね。

◎緊縛によって至る禅の極致

保江　麻縄については、緊縛の2回目は、緊縛の先生もすでに知っている僕の教え子に、最適な縄を用意してくださっていたそうなのです。

ところがなぜか、その日ご自宅に忘れてしまったとのことでした。鞄を開けてみたら、せっかく用意したものがなかった。

それで、鞄にいつも入れている何本かの縄を出して、

「じゃあ、これでやろう」とおっしゃいました。

「それはどんな縄なのですか？」と聞くと、

「自分が思いを込めて、ある女性を初めて縛ったときに使いました。そのときに最高にうまくいって、二度とその人以外にはこの縄は使わないと決め、とにかくお守り代わりに常にそれを鞄に入れるようになりました」と。

恐れ多いから遠慮していると、

「いやいや、これを使います、使わせてください。きっと忘れたのにも何か理由があったのでしょうから」といって、結局、それで縛ってくださった。

だから、本人も体の外から全てを俯瞰することができ、無事に終わったのだと思います。

はせくら　体の外から俯瞰できる体験なのですね。忘れがたい体験となるでしょうね。そういえば、私は昔、インフルエンザにかかったときに、身体がしんどかったので、身体から意識を外して上から見ていたことがあります。すると、高次意識から、「きちんと身体を味わえ！」と怒られて、途端に、全身が強い倦怠感と関節痛に襲われたのです。

保江　出ていた間は痛くなかったのですか。

はせくら　はい、全く。苦しそうな表情の自分を上から見ている感覚でした。そのとき、高次の自己から叱られたことで、あらゆる体験を味わい、愉しめといわれているのだということがわかり、それならいっそのこと、「痛み」と同化しようと思ったのです。すると、なぜか「痛み」が消えたのです。今、その体験を思い出しました。

保江　経験値が上がったわけですね。

教え子本人は、自分で優しくなったといっています。例えば、会社でなかなか仕事を覚えられない人に対して結構きつく当たっていたのが、気づくと「大事にしてあげないといけない」と思って、優しく接している自分がいたのだそうです。

けれども、一番変わったのは僕ですよ。禅の極致である、「愛おしゅうて愛おしゅうて、可愛うて可愛うて」という境地に、あっという間になってしまったのですから。見ているだけでそうなれるなんて、こんなラッキーなことはないでしょう。

これは僕の妄想ですが、皇太子殿下が天皇陛下になられる際にも、緊縛を見守るという御神事があった……、祝之神事《はふり》などは二の次だったのではないでしょうか。

大事な人が縛られるのを、緊張感とともに見守ることによって、全ての人々との心理的距離がゼロになり、全ての国民、全ての存在と同化できる。

それが、天皇陛下になられるための、裏の儀式なのではないかとさえ思うのです。

江戸幕府では、第三代将軍徳川家光のときから大奥ができました。江戸時代の浮世絵にも、緊縛を描いた官能的なものがあったようです。

将軍が城を出て地方に行った折には、村娘を見初《みそ》めて連れ帰ることがあり、その場合はすぐには手をつけないで、半年間くらい、お作法や手習いをお局様が教育していたそうです。

でも夜のお相手については、将軍すらまだ手をつけていないのに、誰かが直接教えるわけにもいかないので、緊縛師が呼ばれました。

それによってその娘の感覚、感受性などが研ぎ澄まされ、それを磨いていくと、将軍が初めて寝屋に来たときにも、それなりの反応ができるようになっていたのです。

はせくら　緊縛の歴史って、そういうものかもしれませんね。

保江　縄は、もともとは悪者を捕まえて縛るものでした。いろんな古流武術流派に、縛り方が残っています。

麻縄が使われていましたが、麻には神聖な力があり、邪気を払うと古代から信じられていたからだそうです。罪人を麻縄で縛ることには、「浄化」の意味もあったのです。

はせくら　例えば、縄文土偶には全体に模様があり入れ墨ではないかともいわれています。

そうした模様は経絡とも合致していたりするので、もしかしたら縄もそのように使われていたのかもしれませんね。

他にも、かつての伝達手段として、縄の網目のかたちで伝える、結縄《けつじょう》文字などもありました。縄文の最大の発明は、「**縄**」と「**土器**」だといわれています。そのように考えると、縄を使う文化のかたちが連綿と現在まで続いているのかもしれませんね。

保江　そうだと思いますよ。だから当然、天皇家にも秘儀としてあったはずです。

三代将軍家光のときに、徳川家にやっと天皇家の血筋が入ります。それでそのときから、縄の伝統が将軍家にも伝わっていったのではないかと僕は考えています。

◎現人神《あらひとがみ》の天皇の力を増長していた麻

はせくら　矢作先生は、それをどのように紐解かれますか。

矢作　縄文というもの自体が、結局は**トーラス**（＊ドーナツ形になる円環体の表面）ですよね。

保江　縛りはぐるぐる回っていますから、トーラスです。あるいは、縄自体もトーラスといえますね。

矢作　要は、宇宙のフラクタルの、一つの象徴なんでしょう。

縛るといういい方をしたかは覚えていないのですが、神武天皇の頃は、着ていた衣装は麻の貫頭衣でした。そして、その衣を肚のところで麻の紐で結わえていました。

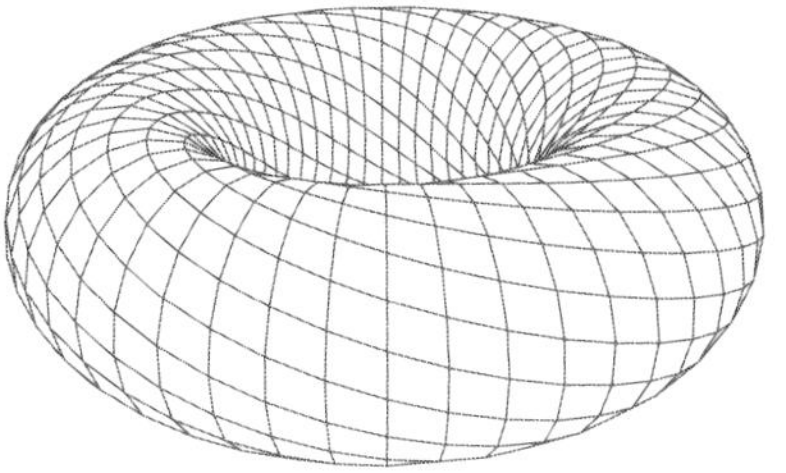

トーラス図

保江　やっぱり麻。

矢作　麻は、自分の力を強く引き出すのです。

神武天皇を調べると、よく出てくるのは弓などを携えた勇ましい格好ですが、実際はただの貫頭衣を着ていました。半神半人としての能力と麻の衣装で何でも自由にできてしまうので、そんなにたいそうな格好をする必要もなかったのです。

やはり、縄目というのは、全てのもののフラクタル、つまり象徴なんですね。

それが宇宙の理《ことわり》そのものでもあるし、大宇宙の一つである我々も、個としてみんなそうです。

土偶も土器も、実は一緒です。ただ、それぞれに使用目的が違うから、形も違うように作られています。

天皇の、いわゆる祝之神事のような秘儀を考えたとき、自分自身が覚えているいくつかの事象からいえることは、今から1400年ほど前、聖徳太子の頃ぐらいまでは麻の服を着ていて、それにより自由に何でもできたので、秘儀は必要ありませんでした。

その後から、仏教に対してという意味も含めて、後付けで神事ができたと記憶しています。

保江　中臣鎌足の頃ぐらいまでは自在にできていたから、御神事もいらなかったのですね。

矢作　当事者の感覚が一番強く感じられるのは、第56代の清和天皇です。清和天皇は数え年で28歳で天皇を辞して、30代の初めに亡くなりましたが、周囲に女性が多かったのです。思い浮かべる中では、神武天皇とか第9代の開化天皇とか、第24代の仁賢《にんけん》天皇ではそういうことはありませんでした。

清和天皇の時代というと、今から約1200年前、西暦だと850年頃で、人間としての天皇というものが、その頃から変わってきているように思います。

つまり、いい意味で、俗人になっているのです。そこから現在までは、基本的に変わっていません。

その頃に、いわゆる俗人としての度合いが、いい意味で強くなったという感覚です。

その少し後の第63代の冷泉天皇のときは、ご本人は自分のことを普通の人間だと思っていたのですが、今の基準で見ると、精神的にちょっと変だったといわれています。

でもそれは、いわゆる半神半人というか、俗人と神との間の性質を持っていたからそう見えたのだと感じます。

保江　植芝盛平先生の源流を辿っていくと、大東流合気柔術になるのですが、その大東流を起こしたのは清和天皇といわれていますね。

矢作　ですから、清和天皇が、実は要所要所で非常に重要のようです。

例えば、清和天皇が現役のときには、周りの人たちから水尾さんと呼ばれていました。でも水尾という名前の天皇は歴史上おられず、後水尾天皇が江戸時代に出てきます。

保江　まさに、三代将軍のときですね。

矢作　水尾の水という字は女性に関する意味もあるそうですから、つまり女性好きだったための仇名《あだな》だったようです。そんな記録は、もちろんどこにも残っていませんが。

そして水尾さんが隠棲した土地が、後に水尾と呼ばれるようになりました。

そのあたりの時代というのは、大きな流れで見ると、天皇の意識が肉体の中で変わり始めたきっかけがあったようです。

８５０年頃は、貞観地震など、天変地異が大変多かったのです。天皇の視点から見たときの時代の変化というのは、実は天と地の繋がりの中で大きな意味があるのですね。

はせくら　やはり、天地照応しているのですね。

保江　なるほど。

それと、緊縛や縛りというと、なにやら怖いというか、怪しい印象を受ける人が多いと思うのですが、何か他にいい呼び方がないでしょうか。

矢作　**結わえる**、という言葉がいいかもしれません。

保江　なるほど。確かにすごく優しい感じになりますね。

お祝いという言葉にも似ています。

はせくら　**お結わい**ですね。縁起がいいです。

縄結いとしてはどうでしょうか。

保江　それはいいですね！　素敵なネーミングをありがとうございます。

（＊編集注　保江先生と神尾郁恵氏の対談は、『縄結いは覚醒の秘技』というタイトルで弊社から発刊されました）

◎ピラミッド型支配の終焉――「縄文」をキーワードに次世代へ

矢作　今、日本を始めとして、世界中でいろんなことが信用を失ってきています。

それは、いわゆるフリーメイソン型でピラミッド型の、つまり「うしはける（力による）」支配がじきに終わるからです。

もうしばらくは続くでしょうが、終わるときのポイントは、実はその縄なのです。

彼らは、情報とエネルギーによって世界を牛耳っていましたが……。

保江　そうですね。

矢作　つまり、**麻縄からフリーエネルギーが発生する**のです。私の予想だと、おそらく誰か頭のいい人が、こっそり発電機を作ると思います。

保江　今まで何回も潰されていますよね。

矢作　今度は、個人の家でも発電できるようなプラットフォームを作り出す人が、必ず現れると思います。たぶん、そのヒントが麻縄だと感じます。

保江　3回死んだという経験がある木内鶴彦さんが、何回目かに死んだときは縄文時代に行ってきたそうです。すると、縄文土器の中に、ある沼の底の土を入れて墨を挿して発電させて、それが電池になっていました。

3回目に死んだときに未来に行って見てきたのが、福島原発の廃土を利用した小型の原子力電池というものが発明されて、それで1年間の家の電力が賄《まかな》える時代になっていたそうです。

だから、誰かがそういうのを発明するのでしょう。車もそれで走ります。

矢作　人を騙してコントロールするという今のやり方ではもうだめだと、嫌というほど感じています。つまり、今回のコロナ騒動がまさにその終わりというか、こんなバカなことで人間が簡単に狂うというやり方では、地球の変化についていけなくなるでしょう。

そのときに、縄文がキーワードとして出てくるのです。

それは、単純に言葉という意味ではなくて、実際にそういうエネルギーや、情報の伝達の方法が変わっていく。

実は緊縛と相通ずるのですが、相手と情報のやり取りをするときに、相手の気持ちになるのではなく、相手と一体になる感覚が必要です。

はせくらさんにそこを説明してもらえば、すごくわかりやすいと思いますが、要はそれがコミュニケーションなのです。だから、情報を隠したりできなくなります。

はせくら　うーん、難しいですね。

矢作　つまり、今のフリーメイソン型ではなくて、まさに神武天皇が神代にいわれた大調和です。大調和というのはワンネス、つまり一人ひとりが天と繋がり自分の役割を知って生きることで、有機的社会ができることですが、それで世の中が急速に変わってくるわけです。そのときに、天皇は、「しらす」ことで、天と人々とをなかとりもちする役割を担います。

最初は、それが全体の面の中でポツンポツンと点として出てくるのですが、あっという間に面になって広がっていくと思います。だから今のこんなやり方をしているのも、あとしばらくのことで、逆にいえば終焉が近いので、楽しんで見ていればいいかなと思っています。

保江　いいですね。確かにそのとおりです。２０２５年の予言についていろいろいわれていますが、２０２５年には、かなり変わりますね。

矢作　変わるでしょう。

はせくら　私としては、そのあたりが一つのティッピングポイントだと考えています。

それぞれの選択による現実がより濃くなるというか……。おそらく、これからどんどん、イマジナルセル（＊サナギから蝶になるときに出現する細胞）（＊詳しくは『夢をかなえる、未来をひらく鍵　イマジナル・セル』はせくらみゆき　徳間書店）となる人々が出てくると思うのです。

保江　そう、変容のときに必要なイマジナル・セルですね。

はせくら　はい。イマジナル・セルは、まだイモムシの意識が多くある中で生まれる、自分が蝶であることを知っている細胞ですが、彼らは単細胞のまま、仲間同士で繋がり、コミュニケーションを取るのです。その会話は、使う周波数が違っているので、イモムシが認識している周波数には、理解不能なのです。

そうして、目覚めた意識を持ったイマジナル・セルたちがどんどん繋がりを深め、事象となって表れ始めるのが、来年あたりではないかと思っています。

保江　もうじきですね。

パート3　人類の意識は東を向いている

◎森の国が育んできた日本人の多様性と循環の捉え方

はせくら　先ほど、日本は「風呂敷」の国とお伝えしましたが、もう一つあるとみています。それは、「森の国」としてもたらす産物のことです。

日本は今もなお、国土の約七割近くが森林で、人々の多くは海に近い平野部に居住しています。

保江　そうですね。

はせくら　日本人は古来より、森が近くにあり、海のそばで育っているからこそ、そこにある多様性をいわずもがなで知っていると思うのです。その中で、自然の恵みに感謝し、畏怖しながら暮らしてきたからこそ、自然信仰で八百万の神を敬う多神教的世界観になります。

縄文の御代からあった「**柱**」**の信仰**は、天（あま）なる世界から柱を伝って地へと降り、また、天へと還っていく「神迎え」と「神送り」の思想があったようです。

この森の国が育んできた、多様性と循環の捉え方は、今後、世界に輸出できる知的財産ではないかなと思いました。

多くの木々が育ち、多様な動植鉱物たちが暮らす森の世界は、上から俯瞰すると、一円融合の世界観に見えます。それぞれがそれぞれらしくあることで栄えていく、共存共栄のあり方を、教えてくれていると感じます。

例えば、日本語では三つの文字の併用（ひらがな、カタカナ、漢字）と、アルファベット、算用数字（たまにローマ数字）といった異なる文字を当たり前に使いこなしていますものね。

保江　あと**絵文字**。

はせくら　そうですね！　この絵文字も日本発祥ですものね。確かｉモードができたときに、文章のニュアンスを伝えるものとして、ＮＴＴの開発企画者が作ったとか。

保江　そうそう。ニューヨークの現代美術館には、初代のｉモードに搭載された絵文字が収蔵されているし、今やｉＯＳやマック、ウィンドウズでの標準搭載ですからね。

はせくら　日本らしい「**空気を読む**」**文化**が生み出した技かもしれませんね。

他にも、漢字には音読み・訓読みがあったり、同じ発音でも複数の同音異義語があるなど、バラエティ豊かです。また、回文やダジャレなどで空気感を変えることで、世界に膨らみを持たせているのかなと思いました。

保江　それを、理論物理学という分野において、なぜ日本人が他の東洋人と比べて成果を上げているのかというところに繋ぎたいと思います。

湯川秀樹先生にしろ、朝永《ともなが》振一郎先生にしろ、**日本人の想像力、頭の中の仮想世界は、中国人や韓国人、他の東洋人が持っている世界とは違う**のです。

そしてそれは、ヨーロッパの物理学者が築き上げてきたステージを、さらに超えていると思っています。

そのような世界を最初から持っている日本の理論物理学者だからこそ、あるいは数学者だからこそ、ユダヤ人などの白人に太刀打ちできてきたのです。

その想像力たるや、本当に次元を超えるほど違っていて、数学者の岡潔《おかきよし》先生に至っては、

「我々が住んでいるこの空間は、愛の充満界」だとおっしゃっているくらいです。

はせくら　そのお言葉、大好きです。

保江　それを教わって、湯川秀樹先生は物理的に**「素領域」**と表現したのです。

愛の充満界って、超世界的ですよね。岡先生は数学者だったため、ノーベル賞こそ取っていらっしゃいませんが、湯川秀樹、朝永振一郎に大きな影響を与えられたことはよく知られています。

こんなにすごい成果を上げられたのに、岡潔先生について、日本では際立った評価はしないのです。

でも、世界中が本当に驚くぐらいのことをなした日本人の数学者、理論物理学者というのは大勢います。なぜかというと、やはりヨーロッパ・アメリカ系の学者よりも、多様な仮想空間に生きていたので、同じ問題に遭遇したときの答えが、より多様だったからです。

はせくら　そもそもの仮想空間が、豊かだったのですね。

保江　だから、その中で見つけた答えもすごくて、それを見たヨーロッパ・アメリカの人たちが驚くわけです。「どうしてこんなことがわかるんだ」って。

はせくら　日本語自体に、自然発生音の様態を、仮想的な身体活動に写したものがたまたま残っている……、つまり、言葉という仮想空間の中で模倣しています。

保江　本当にそうですね。

はせくら　作ったものではなくて、移ら（映ら）かしている。

保江　もともと、移ら（映ら）かしたものが、唸《うな》るほどたくさんありました。

はせくら　日本語は作られたのではなくて、もたらされたものです。

保江　もたらされ、移ら（映ら）かされたのですね。
だから、自然界からもたらされた、いろいろに表現できるパーツが揃っています。

はせくら　レゴブロックのようにパーツが多くて、仮想空間にもあらゆるタイプの豊かさがあるのですね。

保江　だから、日本人は漫画の平面的な木を見ても、豊かな森や奥行きのある盆栽のように見えているのです。

はせくら　盆栽も、小さな木を自然の中にある大樹のように見ていますね。

保江　でも日本人以外の人は、ただの二次元的な絵としてしか認識できないわけです。本当に、日本人の認識能力は素晴らしい。

その仮想世界は豊かで、あらゆるものが醸し出されます。醸す文化……、カオスではなく。

はせくら　カオスから醸すへ。

保江　ヨーロッパ系はカオスで、日本語系は醸すでしょうか。

はせくら　そういえば、欧米で有名な獣の数字といわれる666も、気になったので日本語的に調べたら笑ってしまいました。

666というのは、六が三つで「睦み合う」(仲良くし合う)という意味になっていました。それでまさかと思い、万葉集の666番目の和歌を調べてみたら、案の定、愛の歌でした。どうやら意図的に、入れられたようです。

保江　どんな歌だったんでしょうね。

はせくら　「相見ぬは　幾久さにもあらなくに　ここだく我れは恋ひつつもあるか」(会ってから少ししかたっていないのに、あなたのことが恋しいわ)という万葉歌人・大伴坂上《おおとものさかのうえの》郎女《いらつめ》の歌でした。

保江　まさしく、愛の歌ですね。

はせくら　この日本語のずらし力、遊びの力が豊かさを生むのかもしれないと思いました。

保江　よく調べられましたね、それだけのことを。

はせくら　オタクなので……。そういえば、先ほど子音語族と母音語族のお話をさせていただきましたが、これもそれぞれの役割であるということだと思っています。

矢作　母音語族は、大調和の要の役割ですね。

はせくら　そうですね。私もそう思います。言葉の音と、人の所作や情景は結びついております。例えば、桜と聞いたらどんな情景を思い浮かべますか？

保江　川の土手に、桜の木がずらっと満開。

矢作　春爛漫、大和そのものですね。

はせくら　では英語に変えて、Cherryblossom（チェリーブラッサム）とした情景は？

矢作　情景というか、花そのものしか思い浮かばない気がします。

はせくら　私もこれを知ったとき、驚きました。言葉によって、見え方や捉え方も異なっていくのです。改めて言葉は大切だと思いました。

例えば、舞とダンスの違いですが、舞は、宇宙の中にいかに溶け込むかといったもので、ダンスは宇宙の中にいる我に焦点を当てるものです。

これもまた、人間中心か空間中心かの違いで、優劣ではなく、特性です。

保江　舞という漢字は象形文字で、神殿の前で人間が舞っている様子だそうです。

上が神殿で、下が人間が踊っている情景。下の人の部分が点になると、無という漢字になります。つまり、神殿に人がいないのが無なのです。

はせくら　面白いですね。中国では、たくさんの漢字を略しすぎましたね。

保江　略しすぎて意味がわからなくなっています。

◎人類の意識は東を向いている

はせくら　本来のものをなんとかとどめているのは、日本の漢字なのでしょうね。

そういえば、人工知能の開発に携わっておられた黒川伊保子氏の書籍、『日本語はなぜ美しいか』（集英社新書）の中で、興味深いことが書かれていました。

「人類は、東を意識する」ようにできているそうです。

矢作　太陽が出てくる方向ということですね。松果体の関係でしょうか。

はせくら　どうなのでしょう？　書籍の記述としては、「脳科学のいくつかの研究成果から、脳波は、地球の自転と公転を感知しているということが指摘されている。自転を感知しているということは、東に向いたときの意識と、西に向いたときの意識が違うということに他ない」と書かれています。

他にも、角田忠信氏の論文に、「脳幹センサーは太陽系の運行と同期するシステムである」と書かれていました。つまり、脳幹が鍵となるようなのですが、先生方はどう思われますか？

保江　脳幹ですか。それは目の付け所がよいですね。

はせくらさんに教えていただいた角田先生の論文では、「脳幹は東向きセンサーであるだけでなく、1秒という時間間隔のセンサー」でもあるとのことですね。

実は、脳幹には、脳幹網様体と呼ばれる重要な組織があることが、最近になってやっとわかってきつつあります。

催眠術や催眠療法で知られる催眠現象も、脳幹網様体の働きですし、人間が1秒という時間感覚を正確に再現できるのも、脳幹網様体の働きのおかげです。

さらには、僕が武道でやっている「合気」、ないしは「愛魂」という不思議な術の作用機序にも、脳幹網様体が関わっているようです。

だいぶ前に出した拙著、『脳と刀——精神物理学から見た剣術極意と合気——』（海鳴社）の中でも紹介した実験があります。

それは、他の人から「愛された」ときに、その人の脳幹網様体の正常な働きが阻害され、その結果、それまで正確に1秒間隔で動けていた感覚がずれていくというものです。

まさに、角田先生のご指摘にも合致する実験結果だったのですね。

矢作　確かに、角田先生の論文では、「東に向いたときの意識と、西に向いたときの意識が違う」と述べられていますね。一方、哺乳類、鳥類、魚類では、方向感覚を司どる「頭方位細胞」が、脳幹だけでなく大脳基底核でも見つかっています。
これからいろいろ、わかってくるのでしょうね。

はせくら　アフリカを起源とすると一般的にいわれている人類のグレートジャーニーは、太陽が昇る方向でもある東に向かうことで、脳の働きも活性化して、東へ、東へと移動したのではないかと。

保江　それで、日本にまで辿り着いたと。

はせくら　いろんな人たちが日本まで来て、そして日本人は彼らを受け入れた。包み込まれた彼らは、まれびと（＊民俗学者、折口信夫の用語。民俗学で、異郷から来訪する神をいう。人々の歓待を受けて帰ると考えられた）という存在になっていった。

極東まで辿り着いた人々は、再び西に戻って文明を発達させていく。どうも、西に向くと、意識が沈静化し、都市などの物質文明は栄えやすい、ということのようです。

そう考えると、文明が行き着いた先がアメリカで、物質文明の二元論的世界観が極みを迎えると、今度は再び戻って、一元的な世界観を持つ、元の国である日本が、物質文明から新たなる霊性文明ののろしを、日本語をもってお伝えしていく……、そんな時期がきたのではないかなと思ったのです。

保江　なるほど、まさにそうですね。

はせくら　人の意識が東に向きやすいという説の裏打ちとして、情報というのは東から西に移動しやすいと、古代インドの学問のヴェーダ（＊宗教文書）に書いてあるそうです。

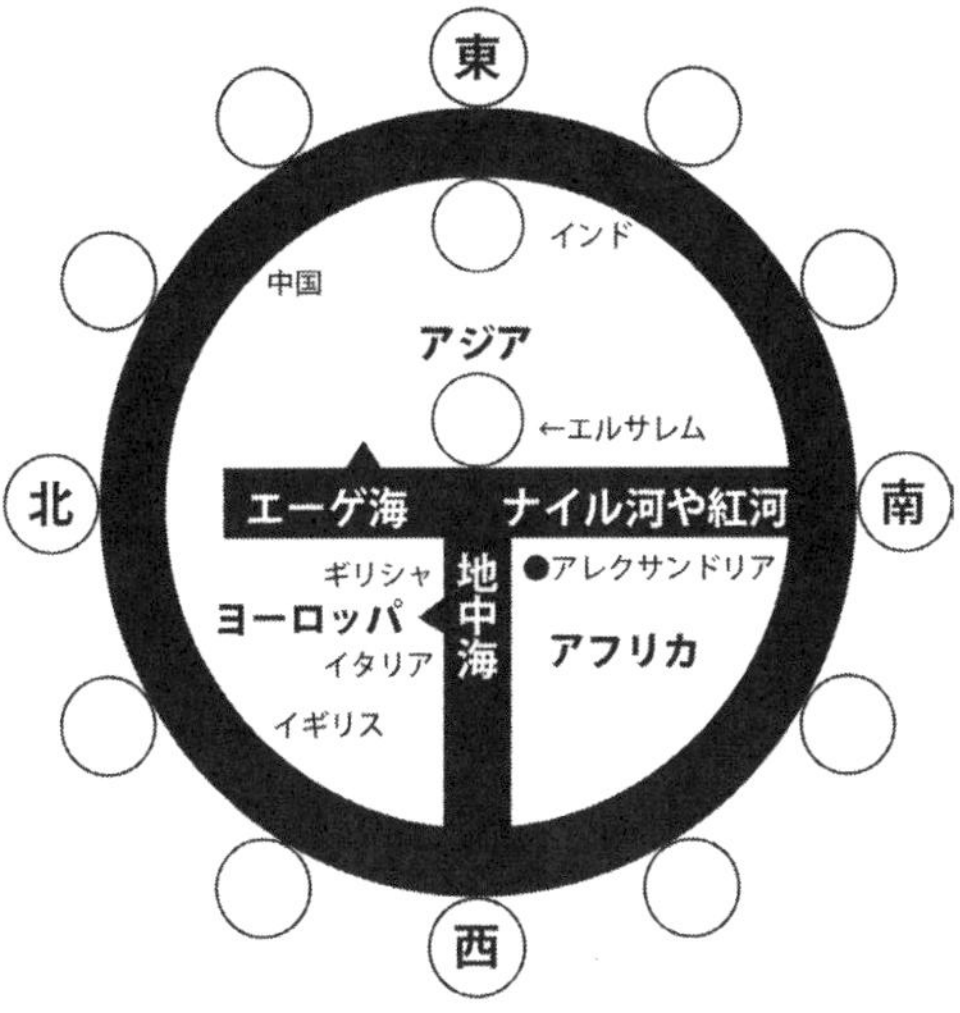

TO地図

保江　『リグ・ヴェーダ（＊4ヴェーダの一つで、最も古いとされる聖典）』のヴェーダですね。ヴェーダは「聖なる知識」を意味しているそうですから、間違いなさそうです。

はせくら　このような、意識の世界地図という見方も面白いですね。

なぜ日本は、極東という東の最果ての地にあるのか。中世のキリスト教的世界観で、当時の地図であるTO図では、東が上になっています。日本は西方浄土で西を拝みますが、西欧では、エルサレムを中心に、やはり日が昇る方向である東の上に楽園のエデンがあるという、東に理想郷を抱くという考え方があったのだと思います。

◎七五調から構築される世界とは

はせくら 日本語は、古代から同じ土壌の中で、少しずつ変化して今に至りました。太古からあるその素朴で無垢なものも、その中に有していると思うのです。

再び、母音の話なのですが、自然の音と母音は、音響波形的にも似ているとのことです。かつ、自然音は皆、言語脳で処理するので、雑音ではなく、音声として聴こえてしまうのですね。

保江 日本人は昔から、**自然を擬人化**しておしゃべりしていますね。

はせくら　自然界とコミュニケーションすることのできる日本語族の人たちが、その特性を生かして発信するときがきたのではないかと思います。

保江　自然の声を聞いて表現するというと和歌を思い浮かべますが、英語での和歌や俳句も、海外では人気があるようですね。

はせくら　そうですよね。嬉しいことです。ただ、日本語と英語では拍が違うので、それらしい言葉を綴ることができても、正確な再現は難しいといわれています。

ちなみに、俳句の575は素数の集まりです。足しても17の素数。日本人はどうやら素数好きで、混じり合うことなく、自律している数が好みのようです。

この5と7の組み合わせが肝らしく、5：7は、白銀比（＊1：1.414〈5：7〉）で、別名、大和比とも呼ばれているものです。古くから大工さんは、神の比率と呼んでいたようです。丸太を切り取り四角にしたときの、一辺と直径の長さの比率です。

少し、本題から離れてしまうのですが、どうしても保江先生に、詳しくおうかがいしたかったことがあるのです。

保江　何なりとどうぞ。

はせくら　ありがとうございます。この5：7の比率、つまり、1：$\sqrt{2}$の$\sqrt{2}$という無理数についてもっと知りたいです。確か、πもそうでしたよね。

保江　そうですね、無理数について、少しだけお話ししておきましょうか。

冗談のように聞こえますが、無理数という名称には、実はかなりの無理があります。もちろん、無理数と対に考えられる有理数という名称にも、同様に無理があるのです。

明治初期に、西洋の進んだ科学文明を取り入れるために、様々な科学分野の用語や概念を日本語で表す必要があったのですが、そのとき、数学における英語表現で rational number と irrational number があり、それを日本語にした担当者が数学については全く素人の英文学者だったのか、rational を理性のある、irrational を理性のないという意味に取ってしまいました。

そのために、rational number を有理数、irrational number を無理数としてしまったわけです。

ところが、数学における rational number の rational は、「2個の整数の比（ratio）で表すことができる」という意味です。まさに、黄金比のような比で表すことができる数が rational number であり、本来ならば「有比数」とでもしておくべきものでした。

そして、irrational number の irrational は「2個の整数の比（ratio）で表せない」という意味であり、従って irrational number は本来であれば、「無比数」とするべきでしょうね。

有理数や無理数となってしまったから敷居が高くなって、「数学って難しいんだ！」という印象を植え付けてしまいますが、もし有比数や無比数となっていたならもっと直観的に数学に親しむことができて、「数学って簡単で面白いんだ！」という印象が生まれていたのではないでしょうか。残念でなりません。

講談社の理科系の新書ブルーバックスの1冊、『数の論理—マイナスかけるマイナスはなぜプラスか？』に詳しく書いたこともありますので、必要ならそちらもご参照いただければと思います。

はせくら　ありがとうございます。日本古来の七五調では、縦横無尽に、さまざまな可能性の中から、世界を構築しているようにみえます。
和歌のほうは、５７５７７の三十一文字《みそひともじ》です。
言霊的な解釈では、創造神である伊邪那岐命《いざなぎのみこと》と伊邪那美命《いざなみのみこと》が生んだ子どもの数は32神で完成します。なので、一つ足りないのですね。その一つは何だと思われますか？

保江　想いとか？

はせくら　まさしく！　そうなんです。個々の想いや祈りを乗せて和歌を詠む。そうして言霊として国生みを完成するという型出しなのだそうです。

保江　そういうことですか。この世界を理解するにも産むためにも、三十一文字の日本語が重要なのですね。

はせくら　古来より、やまと歌（和歌）に乗せて、天地（あめつち）を動かしていましたものね。もっとも、和歌でなくても、日本語という響きを心をもって使うだけで、より栄えやすいということなんじゃないかなと思っています。

矢作　日本人がきちんとしていれば、世界的にも何も心配いらないということですね。

保江　ついに、その時期に来たのですね。

◎世界に受け入れられる日本の「KAWAII」

矢作　今の世の中は、世界的にもひどいですものね。

でも、希望はあります。最近は、YouTube などで、日本に移住したり、長期で滞在している外国人が、たくさんの情報を発信しています。日本語で発信している人と、日本語プラス母国語で発信している人がいますが、その影響は大きいようです。

若くて感性を大事にしている人は、国籍を問わず日本が好きになってくるみたいです。そうした番組を作っているユーチューバーは、かなりの数です。

はせくら　昨年、イタリアに行ったときも、宿泊先にイタリア人の大学生の男の子が二人いて、夜中まで動画を見ていました。ただ、聴こえるのが、日本語なのです。

不思議に思って聴いてみると、宮崎アニメが大好きで、字幕付きの日本語で観ているそうです。「どうして？」と聞くと、「日本語の音が可愛くて、すごく幸せな気持ちになるんだ」と言っていました。

ロングヘアで腕いっぱいにタトゥーをしている今どきの男の子でしたが、その上には「マルティア」とカタカナのタトゥーがあるのです。

その言葉を読めるのかを聞いたら、

「読めないけど、なんかいいデザインだと思って」と。そして、ポケモンのTシャツを着ているのです。やはり可愛いからだそうです。

「可愛い」も、もはや世界語ですね。もう一人の大学生は新海誠作品のファンで、二人とも「可愛い」と連発していて、驚きました。日本のサブカルに興味深々でした。

この流れは、おそらくもう誰にも止められないと思います。

保江　なるほど。禅僧が辿り着いた、「愛おしい、可愛い」というのは、単に「可愛い猫」などの単純なものではなく、もっと意味が深いのですね。

お釈迦様やキリストの慈悲なども、全てはそうしたことだったのでしょう。

はせくら　そうですね。

保江　宮崎駿のアニメなどを観て、日本語を可愛いといってくれる。ちゃんと伝わっているのですね。

はせくら　その子たちに、

「日本語はどんな風に聞こえるの」と聞いたら、流れている綺麗な水のように聞こえるのだそうです。だから、心地よいのですって。

ところで、欧米で好まれる黄金比と、日本人が愛してやまない白銀比の違いですが、黄金比だとカッコよくなり、白銀比は可愛くなるようです。

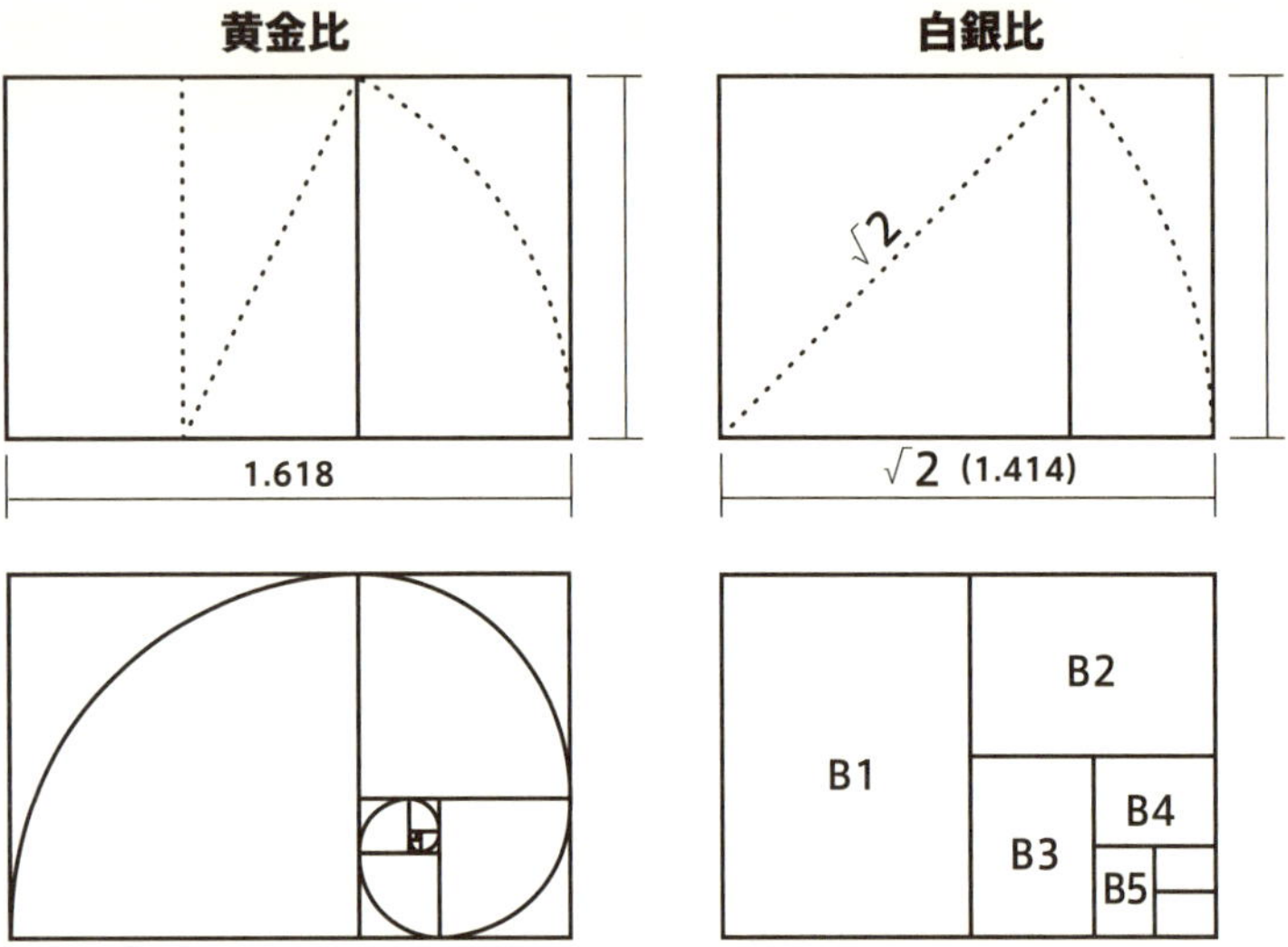

黄金比、白銀比　図

保江　なるほど。

はせくら　イメージとしては、黄金比だとミロのヴィーナスやモナ・リザの顔の縦横といった美しい雰囲気になりますが、白銀比だと、コピー用紙（A判やB判）の縦横の比率となっていて、ドラえもんやアンパンマン、キティちゃんという、可愛いキャラになります。

保江　可愛いは、大和言葉、縄文の音なんでしょうかね。

はせくら　古語では気恥ずかしいを意味する「かはゆし」が「かはゆい」に、その後、「か

愛・愛情・情愛・可愛い・
可愛がる・可愛らしい

わいい」になったようです。意味も変遷していって、最初の気恥ずかしいから、いたわしいになり、その後、現在と同じ使われ方の、可愛いになったようです。

手話でも、左手の甲の上方を、右手で数回、頭を優しく撫でるように回すのですよね。仕草が可愛かったので、これだけ覚えているんです。

◎右脳処理と左脳処理――その違いとは？

保江　僕は最近まで、手話は全世界共通だと思っていました。ところが、かなり違うそうですね。その国の言葉によって、手話も異なっている。

それを知ってから、なるほどと思ったことがあります。日本語の手話と英語の手話では、動きがずいぶんと違うのです。

日本語の手話は、動きが優しい。手話をする人の体が、踊っているかのように、また、幼い子どもに気持ちを込めて語っているかのように、言葉と同期して動いているのです。

一方、英語の手話は、海軍でやる手旗信号みたいな動きで、つまりロボット的なのですね。形だけのように見えて、心がこもっているようには思えません。

やはり、日本語というのは、はせくらさんがおっしゃったように発音体感がそのまま表れているから、それを手話にしたときも、体全体が自然の流れのように動くのではないでしょうか。

はせくら　手話で見てみると面白いですね。

確かに日本語などの母音語族は、西洋音楽や機械音の他は皆、左脳の言語脳で聞いていますものね。

一方、子音語族は、子音と計算は左脳で、あとはほぼ全て右脳処理（61ページ参照）。

保江　僕は逆だと思っていました。日本人のほうが、右脳優位だと思っていたのです。

はせくら　私もそう思っていました。角田先生の説によると、日本語を話す日本人の脳は、パトス（情緒）的なものとロゴス（論理）的なもの、自然的なものが一緒くたになって言語脳（左脳）で処理するけれど、西欧人はパトス的なものと自然的なものが右脳で、ロゴス的なものは左脳で、というようにきっちり分かれている脳の処理様式だそうです。

保江　脳の処理様式の違いなのですね。

はせくら　そのようです。なぜ、このような違いが生まれるのかというと、「母音」をどちらの脳で処理するか？　つまり、母音を左脳で聴くか、右脳で聴くかなのですが、それらを振り分ける「スイッチ機構」が脳幹の中にすでにあって、約9歳までに聞いた言語環境によって、どちらで聴くかが決定づけられるようです。

保江　そうですね、これも脳幹網様体の働きのようです。角田先生が精力的に研究されているようですが、これからもっと多くの科学者によってこの方面の研究が進むとよいと思います。

はせくら　面白かったのは、角田先生が聴覚テストをしながらデータを取ったときの話です。西洋人でも、虫の音を聞いた場合、とりあえず音は聞こえるそうです。

でも、最初はそうした自然音を聞いていても、私たちが飛行機に乗ったときのプロペラの音と同様に、だんだんと聞き流し始めて、徐々に聞こえなくなっていき、改めて聞こえたときには、騒音と認識してしまうという。

私は、これはやはり、**間《ま》の力**なのかなと思いました。古くから本質的には変わらない日本語をとおして、古来や未来とこの瞬間が繋がり合っているから、今を生きている……、間と繋がっていく中今力でしょうか。

保江　**中今力**、いい言葉ですね。

◎我々が二足歩行できる理由——高次元世界にも実態を持つ人間

はせくら　中今といえば、矢作先生をおいて他にいらっしゃらないですからね。先生、ご説明お願いしてもよろしいでしょうか？

矢作　私が思う中今とは、無心になって、今、ここを生きることです。中今であれば、高次元と繋がることもでき、直観を得ることもできると思います。

一所懸命に何かに集中する人は、中今の状態になっているといえるでしょう。

はせくら　ありがとうございます。やはり中今じゃないと、間《ま》の中に入ることもできないのですね。

矢作　ここは、保江先生の出番ですね。中今のときだけ、多次元や高次元に意識が伸びるという仕組みは、物理的に説明できるのですよね。

保江　そうですね。要するに、今の自分には縦横高さ、前後の三次元の世界しか認識できていないからわからないだけで、我々自体が、実はより高次元の存在です。

だから、安定して二足直立できるのです。他の動物には、二足直立はできない。猿や、いっとき話題になったレッサーパンダなども二足直立はできますが、長時間立っていたり、安定した二足歩行はできません。

例えば、ここに平面的な紙のコースターが2枚あります。二次元の物体であるコースターが、テーブルの上という二次元の平面世界にあるので、これらが互いにぶつかったら不安定に動いてしまう。

ところが、ここにあるコップは三次元的に上にも伸びているわけです。でも二次元の存在からは、そのことがわかりません。

つまり、三次元に伸びているものの一部の断面が二次元であって、この三次元の部分を三次元の中で僕が持っているとぶつかっても動かない。安定化させることができるんですよ、高次元の存在があれば。

つまり、**猿には三次元の世界までしかないけれど、人間は三次元以上の四次元、五次元**

……といった高次元の世界にも実態がある存在なのです。だから二足直立できて、ちょっとぶつかっても倒れない。

この世界の中で、人間だけがより高次元の世界にも顔や体を出しているから、そこで踏張っているので倒れないのです。

それを使って、僕が合気という武術で使っている技があります。相手が四次元、五次元と高次元に繋がっているから安定的に立っていられるのだから、その繋がりを切って、一時的に三次元のみの存在にしてしまうのです。そうすれば、相手は簡単に倒れてしまう。

はせくら　それは意識的に、物理的な繋がりを切れるのですか。

保江　切れます。僕はそこまで行けました。それも、「可愛うて可愛うて」と同じことで、その状態になればできるのです。

はせくら　その高次元というのは、フラクタルにずっと繋がっているのですか。

保江　そうです。六次元、七次元とずっとです。

はせくら　それが結局、意識の垂直軸なのですね。

保江　そうだろうと、僕は最近思い始めています。

はせくら　そこも、豊かであればあるほど安定するのですね。観自在の力ということですか。

保江　そう、**神通力**、神に通じる力です。だから座禅を組んで、一生を修行で過ごした禅僧のほうが、武術家よりも強かったりするわけです。

はせくら　縄文時代の信仰が、**柱信仰**です。環状列石などに使われる中央の柱や環状木柱列などがあるのですが、それがまさに、このことなのではないでしょうか。

保江　そのとおりです。

はせくら　発音体感でいくと、「は」は強く広がっていくという意味があり、「し」というのは示されていくことで、「ら」というのは場のことになります。

保江　なるほど。だからそのように示されている場が柱（はしら）なのですね。

はせくら　その柱が収まると原（はら）になり、野の花（はな）になる。

保江　はらは、腹が据わっているという腹（はら）でもある。

はせくら　そして、この原にある高次の世界が、高天原《たかまがはら》です。

保江　本当ですね。まさにそう、高次元の世界です。

はせくら　この発音体感と呼ばれている語感そのものが持つイメージを辿ることで、世界中のどんな言語であれ、本質的な意味において、似通ってくることがわかりました。

例えば、夢は、日本語だと「ゆ＝湧き上がる、め＝思考」で、ドリームだと「と＝境目にある、り＝持続して離れた、む＝生まれるもの」、フランス語の夢、レーヴは「れ＝持続され消えていく、う＝生まれる」（濁音はとりあえず無視します）、という感じです（参考「おとひめカード」はせくらみゆき著〈きずな出版〉）。

保江　なるほど。確かに「夢」が持つ性質を表している。それぞれ言葉によってニュアンスは変わってくるけれども。面白いですね。

はせくら　そうですよね。こうして古い脳の処理様式をそのまま残している日本語の認識をアップデートすることで、今後、「間」の活用がしやすくなると思うのです。

そうすると、２０２５年問題を心配しなくてよくなるのでしょうね。

保江　かなり明るい話です。カオスからカモスへ。

はせくら　カモス世界……、出雲にある大好きなお社─神魂《かもす》神社を思い出しました。神の魂と一人ひとりが繋がっていく。真（神）世界秩序なのかも⁉

保江　こういうのがパッと出てくるのも、日本語のすごさですね。

◎実存主義を論破したレヴィ・ストロース

はせくら　やはり、仮想空間の豊かさは、このパラレル展開のような変換力と繋がりますよね。

言語学者の中には、日本語はビジュアルでわかりやすいのでテレビ型言語と呼び、ラテン語系の言語は、ラジオ型言語と呼ぶ方もいらっしゃいました。

保江　なるほど、それはいい表現ですね。

はせくら　テレビ型は、アニメや漫画とも親和性が高いですものね。

そういえば、最近、レヴィ・ストロースにちょっとはまっていて、いろいろ調べたのですが、彼は第二次世界大戦を経験しているユダヤ人です。

若いときからとても賢かったらしく、ちょうどその頃に第二次世界大戦が起きました。彼はたまたま強制収容所行きを免れて、船に乗ったら知り合いの教官がいて、他にもいろいろな縁があり、ブラジルに行って大学教授になるのです。

2年間の大学教授生活の間は、主に休暇時に、いくつかの部族のもとで現地調査を行いました。


その後、大学からの任期延長の話を断り、ほぼ1年間、アマゾンの未開の部族と共に暮らし始めて、現地調査を続けるのです。

西洋人からすると、未開の原住民というのは野蛮という認識です。でも実際に暮らしてみて、「ロゴス」というものを持っていないのは未開に違いないけれども、実はそれ以上に、ものすごい知識が集積されているとわかったそうです。

そのことを、「これを未開といっているほうが未開だ。彼らは**野生の思考**なんだ」と発表したので、ヨーロッパではもうびっくりですよ。

そして、当時の主流だった、サルトルやカントなどの実存主義を論破してしまったのです。

保江　そうだったのですね。まさに、大作『善悪の彼岸』(岩波文庫)で、ニーチェが展開した「無知の知」のようなものですね。

矢作　高校2年生のときにレヴィ・ストロースの『悲しき南回帰線』(講談社)を読んで、アマゾンの現地の人々と生活し、これほど虚心坦懐に「未開」と思われていた人々を観察・考察した姿勢に感銘を受けました。

彼は、その結果として人としての普遍的性質を「自然」、何らかの規範を設けているものを「文化」と捉え、近親婚の禁忌は自然と文化の分岐点であり、近親婚を禁ずることで交叉イトコ婚(＊親同士が異性の兄弟姉妹の関係にあるいとこ同士の結婚)を成り立たせ、家族が存続していくということを見抜きました。

はせくら　なるほど。そしてレヴィ・ストロースは、「科学的思考とは別の思考がある。それは、**神話的な思考**である。よりプリミティブであるのはこちらであって、**本当に世界の真実を知りたかったら、神話などの様々なものの中に、人間の根源的なものが潜んでいる**ことを理解すべき」といい出したのです。

この気づきは知識層にとって大変な驚きで、植民地的な状態からの解放についての機運を高めたそうです。

このレヴィ・ストロースが最も憧れていた国――それが日本でした。

保江　やはり、そうですか。

はせくら　なぜかというと、お父さんの趣味が浮世絵のコレクションで、テストでいい点を取ったり何かいいことをすると、浮世絵を買ってもらっていたからだそうです。

それでもう日本愛が強すぎて、好きすぎて、逆になかなか日本に来られなかったのです。失望するのが怖かったという。

けれども覚悟を決めて、いったん１９８０年代のバブル期の日本に来たら、もう恋してしまった。そこから亡くなるまで、5回来日しています。

メジャーな観光地には一切行かないで、金継ぎ職人のところとか、マニアックなところばかりに行って、人類学者としての視点で日本を見い出したのです。

そんな彼が度肝を抜かれたのが、縄文文化でした。こんな文明があったことに驚き、火焔型土器に参ってしまった。

「私たちが1900年くらいに生んだアールヌーボーを、5000年前にやっていた」といって、そこからフランスで縄文が話題になったようです。

そして彼は、次々とびっくりするような、むしろ日本人が気づかないような発見をしていくわけです。

例えば、「**日本人はまだ縄文を生きている**」といって驚いたのが、なんと手の洗い方でした。

矢作　確かに、上手に洗いますよね。

はせくら　どうして流水で洗っているのかと、不思議に思ったようなのです。

ラテンの国は、容器に水を溜めて洗います。流水で洗うということは、豊かな水がないとできないのです。日本では、昔からそれが当たり前で、今も習慣となっていますね。

つまり、太古の記憶が今でも息づいているといったのです。

矢作　本当に、太古の時代からなんですね。

パート4　日本語にあるゆらぎと日本人の世界観

（鼎談2日目）

◎火焔土器の形が表すのは女性の子宮

はせくら　今朝、目覚めた瞬間、感じたビジョンについて、お話ししてもよろしいでしょうか？

保江　どうぞ。

はせくら　実は、昨日の緊縛のお話が大変印象的で、矢作先生がいわれた「結わえる」という言葉が胸に響いたまま眠りにつきました。その際、どうか縄文時代と縄についてさらに情報をくださいといって寝たのです。

するとと、目が覚めるやいなや、縄文の質感が拡がりました。

そこで、ハッと驚いたのは、土器のフォルム――とりわけ火焔型などの象形は、まさしく女性の子宮を表していると感じられました。

保江　やはりそうですか。

はせくら　縄文時代の女性は、夕方から夜にかけてトランス状態になっていき、違う村の男性と楽しく交流します。当時は当然、一夫一婦性などはないですから、フリーにまぐわい、結ばれます。そんな中で夜明けを迎えると、祀られた土器や土偶の頭部には、夜露がたまります。

古来において、子宝を得ることがとても大切なことでしたし、出産が月と関係することもわかっていたのだと思います。

その月のエネルギーを受けてたまった夜露を、精液に見立てていただくことで、新しい生命が授かるように……と儀式をしていたのかもしれません。

当時、女性の最大の仕事は、子どもを産むことです。ただ、出産はいのちがけです。産褥《さんじょく》（＊妊娠や分娩による母体や生殖器の変化が、分娩の終了から妊娠前の状態に戻るまでの期間）で亡くなるお母さんも多くいらしたでしょうから、無事に生まれるための祈りが、とても大切であったと考えられます。

そこで、私が見えたものは、妊娠中に縄を体に巻く……。

矢作　犬帯《いぬおび》ですね。

はせくら　はい、帯を結わえるわけです。妊娠中だとそんなにきつくできないからシンプルに、縄文の土偶のような感じで結わえていたビジョンを観ました。

女性たちは、お腹に縄を結わえるのですが、そのときに掛け声をしていたんです。

「なーゆ、なーゆ」という掛け声です。

そうして皆で輪になり、掛け声を繰り返していくうちに、トランス状態になって、神なる「意」が入る。そうして「なーゆーい」となったときに霊魂と肉体が接続し、祈りが正しく成就される、といった強烈なイメージがやってきたのです。

もしかしたらそれが、なゆい↓縄結いと呼ばれるようになったのかなと思いました。

保江　まさしく、そうでしょう。縄結いは、高貴で神聖なイメージになりますね。

矢作　神武天皇の話を昨日少ししましたが、貫頭衣を着ていたと申し上げたでしょう。その貫頭衣は、上からたった1本の縄を締めているだけでした。
　これが、実は緊縛の元です。
　神武天皇自身も、もちろんオールマイティの半神半人でしたけれども、さらにこれを巻くことによって次元転移ができました。
　神と人との間を行ったり来たりしやすくする、一つの手段だったわけです。だからもともと、緊縛はこのためにあったのですね。

保江　なるほどね。

矢作　今は複雑にされていますが、本来は縄一本でした。
　だから、本当の神武天皇の姿というのは、ただの貫頭衣をズボッと着て、縄を締めただけだったわけですね。

はせくら　その貫頭衣は、麻製ですね。

矢作　そうです。髪も長かったです。

保江　僕も道場では、柔道着の上に帯をしているでしょう。あれは、必ずしないといけないのです。今までは、なぜ必ず帯でなければならないのかとずっと思っていました。

実は、縄結いだったのですね。

はせくら　帯をイメージしていたら、オリオン座も出てきました。西洋の神話で、あの三ツ星はベルト、腰紐ですものね。

保江　確かに、あの三ツ星はオリオンの帯ですね。

はせくら　古代の海洋上の目印でもありましたよね。

保江　オリオン大戦があったのが、その三ツ星のうちのどれかでしょう。

はせくら　そうなのですね。……ミンタカ（＊オリオン座デルタ星の固有名。アラビア語で「ジャウザーの帯」という意味の「ミンタカ・アル＝ジャウザー」を語源としている）が気になるけれど、どうなのでしょう。

さて、縄結いに話を戻すと、神社のしめ縄も陰陽統合された縄ですよね。

「な・わ」の音が持つ意味合いは、「な＝核、生成発展。わ＝調和、円満」です。

保江　なるほど、核から発したものが生成発展し、調和と成る姿が「な・わ」ね。

はせくら　核って大切ですね。

保江　そのとおりです。理論物理学でも、新しい方程式とか法則について実験のイメージがあっても、なかなか理論が見つからないものです。

そのときに、シュレーディンガーなどの天才は、先に名前を付けてしまうのです。例えば、波動力学とか、行列力学とか。

すると、一瞬で若い物理学者がくいついてサポートしてくれるようになったりして、理論ができ上がるのです。

つまり、**名前が先行して作られます**。

はせくら　名が体を表していくということなのですね。

◎進化論の嘘──都合の悪いことには目をつぶる風潮

はせくら　ここで、進化論についてお話しいただければ嬉しいです。

保江　僕はとにかく、一般的な進化論は嘘だと思っています。もしあれが正しければ、今だってアフリカの奥地のチンパンジーや猿の中から、人間みたいな生物が突然変異で生まれていなくてはいけないでしょう。

はせくら　人間が生まれて、五百万年ともいわれておりますね。

保江　その間、新種の人類は全く出てきていません。

それから、深海で新たに発見される生物というのは、昔からいた生物が退化したものだろうと考えられていますが、光も届かないところにいるのに、なぜか綺麗でカラフルなものもたくさんいるでしょう。

これって、神様のお遊びとしか考えられません。

矢作　ですよね。少なくとも色に関しては、そんなカラフルにする意味がないですよね。

保江　人間の目に触れるはずもないし。神様って、暇だったのでしょうね。

はせくら　神様を暇人呼ばわり（笑）。

保江　暇で退屈だったから、カラフルにしたんですよ。

もちろん、宇宙を創ってくださったのも、暇つぶしだったと思っています。
僕は、進化論を主張している人は信じません。

はせくら ダーウィンの一番近い部下が、「進化論に最も当てはまらないのが人間だ」といっていますものね。

保江 そうなんですか。本当は、ちゃんとわかっていたわけですね。

はせくら でも、地球の歴史の中のサイクルではなく、もっと長い期間では進化論が当てはまるといっています。

保江 そういうことですか。

はせくら しかしなぜか、四つん這いの猿から徐々に立ち姿になっていくあの図が、一般的になってしまいました。

矢作先生は、どう思われますか。

矢作　実は、進化論の傍証からもいえますが、ダーウィンとは別に、アルフレッド・ウォレス（＊1823年〜1913年。イギリスの博物学者）という天才が、その進化論を考えていたのです。

ところが、それを発表する前に彼に霊力が備わってしまって、「これは間違いだった」と否定してしまいました。

私も、その記述のある英語の本を読みました。

「理屈ではなく、天から教えてもらったのだから」と、進化論をブロックしてしまったのです。

それなのに、彼の近くにいたダーウィンが、そのまま世に出してしまいました。

はせくら　盗んだのですか。

矢作　まあ、そういうことですね。アルフレッド・ウォレスは、それについては何もいっていません。ただ、彼自身が、それが間違いだということを認識して、発表をやめたというところまでは、はっきり書かれています。

はせくら　なぜこの進化論が採用されて、今にいたるまで一般的になっているのでしょう。

矢作　便利だからでしょう。

つまり人間は、理屈があってそれをわかったようなふりをしたほうが気が楽なのでしょう。

はせくら　猿から始まったということに、抵抗はないのでしょうか。

矢作　不思議なことに、科学についてはきちんと考えない人が多いようです。

はせくら　では、染色体の数に違いがあるという疑問は、どうやって説明するのでしょう。

矢作　染色体や遺伝子の数は、人と猿はほとんど一緒です。

ただ、そのトータルの数が一緒だからといって全部が一緒かというと、そんなことはありません。遺伝子というのは、時間と共にダイナミックに変化していくものだから、わずかな差が実は大きな差を生むのです。

科学についていつも不思議に思うのは、都合の悪いところは見ないというところですね。

はせくら　数字の嘘みたいな感じですね。

矢作　例えば、アルフレッド・ウォレスが、進化論は間違いだといって今日に至るまで、保江先生がいわれるように、猿と人間の間のような生物は一度も見つかっていませんね。

はせくら　本当ですね。

矢作　普通だったらおかしいと思うはずなのに、それは見なかったことにするわけです。

はせくら　科学って、「信仰」なのですね。

保江　まさしく、信仰ですよ。

矢作　結局、科学的思考なんてすることはなく、都合よく使っているだけです。

例えば、ウイルスの空気感染についての話ですが、新型コロナウイルスが出始めた頃に、アメリカで、家に3週間ほど閉じこもっていた人が感染したという、有名な事例があります。そんなことは、接触感染や飛沫感染という経路ではありえないのです。

結局、空気感染でしょう。空気だったら自由に出入りしますから。

従来いわれている拡散方程式（＊拡散が生じている物質、あるいは物理量の密度のゆらぎを記述する偏微分方程式）という、小さな物質の広がる方程式を使って説明されているのを見ると、ウイルスはブラウン運動で、たいして動かないという話になっているのです。

でも、そんなバカなことがありますか。

簡単な例として、タバコの煙は、風上にいても一瞬でわかります。あれは別に風で流されてきているわけではない。自発的に拡散しているのですね。そこで、

「この拡散方程式という考え方は正しいんでしょうか」と保江先生にうかがったら、

「間違いです」と。

保江　普通、ブラウン運動で拡散した場合、平均すると動いていないことになるといいます。でも、そんなことはありません。あっちに行ったりこっちに来たりしているから、平均すると止まっているように思えるだけで、拡散の速さは非常に速いのです。

空気の中の分子が、右に行ったり左に行ったりしている、いわゆる拡散と流れがあるのです。流れは遅かったとしても、流れ以外に自然に発生している拡散というのは、新幹線よりも速い。

はせくら　では、時速280キロメートル以上ということですね。

保江　そうです。

矢作　そうでないと、説明がつかないですよね。

保江　そうなのです。だからあっという間に広がるし、風上にも行くのです。例えば、蝶のフェロモンは風上にも届きます。それをおかしいという学者もいましたが。

矢作　やっぱりいましたか。

保江　はい。そのフェロモン学説は嘘だと主張した人もいましたが、実際、風の流れよりも拡散の速度のほうが速い。一瞬で届きます。
もちろん、次の瞬間にはピュンと反対方向にも行くから、平均したら0になります。

はせくら　なるほど。でもその平均したら0という考え方が、まさしく昨日、矢作先生がおっしゃっていた、光吉先生の「割り算した残りはどこにいったのか」というのと同じですね。

矢作　事実から見たら説明ができないことを、見ないふりすることって多いですね。

保江　そうなのです。赤信号、みんなで渡れば怖くない、みんなで無視すれば怖くない、という。

はせくら　そんな中で進化論が採用されたのは、便利だからでしょうか。

矢作　確かに便利ですよね。不都合なところもある反面、それらしく見えるところもある。そういうところだけ使っていれば、学問をやっているような気分になるじゃないですか。

はせくら　でもその当たっている部分が、必ずしも全てに当てはまるわけでもないですよね。

矢作　そう、そのとおりです。

保江　僕らが物理学の理論を教わるときに、昔は最初に叩き込まれたのが、一つの原理、一つの理論は適用範囲があって、それを超えて適用するのは愚かだということでした。

でも今の若い物理学者は、それを教わっていません。だから、一つの原理が全部に当てはまると思って、間違いばかり起こします。

矢作　なるほど。

はせくら　例えば保江先生が、素粒子である電子とかクォークは、三次元の中での働きである、と書いていらっしゃいますが、電子とかクォークだとかいっていても、あらゆる次元の全てに適応していると思ってしまいますよね。

保江　そうですね。でも、普通はそこはきちんと切り分けます。もう少し広い、両方に使える原理を見つけられたら、それはめでたいことですが。
　僕らの世代はそういう問題意識を常に持って、今、自分がやっていることのどこまでなら当てはまるんだろうかと考えたのに、今は全くそれがないのです。

はせくら　私が宇宙授業の中で最初にいわれた言葉が、「全てを疑え」でした。「信じるな」から始まったのです。
　二ついわれたうちの一つが、「全ては周波数に帰する」。二つ目は「全てを疑え」。

私としては、「疑えといっておいて宇宙授業をしますなんて、いったい何をいっているのだろう」と思いますから、

「どういうことですか」と聞きます。すると、

「それぞれの周波数帯における真実があります。それは、ある場においては真実ですけれども、次の段階では違うので、信じる限界が現れる限界になります。常にオープンな気持ちでいなければ、より高度な抽象的概念、メタ的な認知ができないので、常に疑うという態度を持ちながらフラットでいるという寛容な心が大切です。

その上で、私たちはあなたの言語に直すと、たくさんの嘘をいいます」といわれたのです。

「これが意味するところが大事だということが、やっている中でどんどん見えてきますので、疑いながら聞いてください」と。

保江　一番大事なことです。今の人間、全員に知らしめたいです。

矢作　「無知の知」ということですよね。

◎日本語に含まれるゆらぎと日本人の世界観

はせくら　ところで、拡散していくということの流れと、例えばゆらぎというのはどのように関係しているのですか。

保江　平均してしまうと見えなくなる部分、それがゆらぎです。だから、実はゆらぎが大事なわけです。

はせくら　なぜおうかがいしたのかといいますと、昨日の続きになりますが、日本人は左脳で虫の音や自然音を聞くことで、それを声として認識するとのことでしたが、調べたところ、自然界はいろんな方向のベクトルに飛ぶ**ゆらぎ**があるとわかりました。

私たちの声も自然音で、特にこれが母音言語だから、ゆらぎがいろんなベクトルに行く。このゆらぎのベクトルと自然界のベクトルを、聴覚で母音のある音として捉えられるので、言葉になるということでした。

保江　見事に描写できています。そうやって言葉になっているわけですよ。

ところが、日本語以外の言葉は、まさにゆらぎの部分が見えていない。平均化してのみ表象を作っているからわからない。それが本質です。

矢作　今でもとても印象に残っている、本質についての保江先生のお話があります。

結局、我々が見ているものって、電磁波というと波ですが、そのうち正弦波（＊正弦関数として観測可能な周期的変化を示す波動のこと）しか科学にならないので、ほとんど全てのものがなかったことになっている。

ほとんど全てを占めている非正弦波は、ないことにしているのです。

保江　なぜなら計算できないから。数学的に計算できない、難しい、非線形非正弦波を扱うのが面倒だからです。

はせくら　それは、虚数がいっぱい出てくるからですか。

保江　そういうわけでもないのです。とにかく方程式が、非線形になっていることによって答えが出ないのです。正弦波は答えがすぐに出るのですが。

矢作　だから、すごく印象に残っているのです。

はせくら　日本語って空間の美学、間の美学だから、言葉にならぬ部分を感得しています。けれども子音というのは、明らかに母音を遮る、自然な息を邪魔することによって高度なコントロールで音を出すので、まさしくピンポイントの粒子性しか見ない世界ということになるのですか。

保江　そのとおりです。だから例えていえば、非日本語的なものというと今のＣＤなどに代表されるデジタル音楽、デジタル再生で、かたや日本語はレコードです。

矢作　アナログですね。

保江　雑音いっぱいの、あのレコードです。でもそれには、録音したときの音が全て入っているのです。

はせくら　それが気配、空間だと。

保江　だから今でも、レコードのほうがいいという人が多いわけですね。

はせくら　確かに、暖かい感じがしますしね。

保江　ＣＤというのは、１と０に対応する穴が開いているかいないか、おそらく数百種類の正弦波の周波数の何番目のものをどのぐらい、何番目のものをどのぐらいというような指示が書いてあるだけなのです。

はせくら　だから、音がキンキンするのですね。

保江　録音したときの波形に似せた形を、いくつかの正弦波を組み合わせて作っているだけです。だから聞く人が聞いたら、全然違うといいます。臨場感がないと。

ところが、エジソンの発明した、レコード盤に傷つけていくやり方は、空気の振動をそのまま刻んでいるから、それを再現したときもそのまま、その現場にいたほとんどの人が聞きそびれている音までもが入っているわけです。

はせくら　これが佇《たたず》まいになるのでしょう。日本語には「けしき」という言葉があって、今は気の色と書いて気色と読みますけれども、もともとは気の色と風景の景色って同じ意味だったんです。平安の頃に分かれましたが、もともとは心の色も風景も、全部一緒でした。**天地照応《てんちしょうおう》の世界観**ですよね。

保江　なるほどね。

はせくら　景色も気色《けしき》もそういうことです。だから、何万年もの間、天にあるように地にもあるという世界観でいたのではないでしょうか。

◎進化論の最大の問題点とは

はせくら　では、また進化論に戻りますが、例えば、キリスト教会は進化論をまだ認めていませんよね。

保江　もちろん、認めていません。

はせくら　でも、科学では肯定しているのですよね。

矢作　どうでしょう。進化論は有名ですが、科学をやっていると自称する人のうち、どのぐらいが信じているのでしょう。

保江　日本人は割と多いですね。教育のせいじゃないでしょうか。

はせくら　例の図のせいですよね。ここでは、そもそも猿から進化

人類進化図

したわけではないという立場での、宇宙人的なお話もおうかがいしたいと思います。

矢作 猿と人間は、遺伝子的にはよく似ているといわれますが、それって着ているもの、つまり入れ物の話じゃないですか。けれども、中身である「運転手」の性能は、格段に違うのです。

私が思うに、地球服（肉体）の少しの違いに思えるものが、運転手側からすると致命的に違うものとして認識されるのです。猿に人の魂が入ると、孫悟空みたいに賢いのが生まれるかというと、そうではありません。

やはり、進化論の最大の問題点は、地球服である肉体しか見ていないということなのですね。

今の科学って、まさに保江先生がときどきいわれるように、見ようと思うものしか見ないのです。

確かに人と猿の地球服を比較するとき、三次元的な視点で見ると、近くにあるものが徐々に分かれていったように錯覚しますね。

はせくら　イリュージョンですね。

矢作　だけど上から見れば、それぞれの服は、性能的には全然違うわけです。当然、作った側の宇宙人も、それぞれ違う宇宙服（体）を持つのでしょうけれども。

つまり、三次元の領域では、一見似ているように見えたところで、上から見ると全然違うものだという視点を欠いているわけです。

ただし、そういうことをいっても、残念ながら学者も含めて、同意してくれる人は少ないでしょうけれど。

コロナ騒動でよくわかったことは、医者は30万人いるけれども、このペテンの構図を堂々と批判している人は数えるほどしかいません。

もちろん、他にわかっている人もいるとは思いますが、表立って発言はしません。

人の命を守る、救う手助けをするべき立場の医師がだんまりを決め込んでいるのは、本当は褒められたものではありませんが。

保江　医学教育によってね。

はせくら　それこそ、次元から切り離されてしまったのではないでしょうか。

矢作　コロナが始まった頃の話です。

はせくらさんと出版社の社長さんと3人でレストランに行く機会があったのですが、モダンな感じの内装で、壁が黒かったのです。

何気なく、隣のテーブルを見たときのことです。そこには3人の客が座っていたのですが、なぜか全員、頭上に白いキノコみたいな小さな傘がかかっているのです。

最初は気のせいかなと思いましたが、他のテーブルも目を凝らして見ると、ほぼ全員にそれが見えるのです。

それで初めてはせくらさんに、こういう風に見えるのですけれど、というと、

「(上との)繋がりが切れているんです」ということでした。つまり、ワクチンを打った人はそうなると。

自分はあまり霊的なものは見えないと思っていたのですが、かなりはっきりしていたので少し驚きました。

はせくら　あのときはびっくりしましたね。

矢作　私はいつも確信を持てないと訊かないのですが、ほとんどの人がそう見えたから、思い切ってうかがってみたわけです。

保江　なるほど。霊的遮断ですか。

矢作　洗脳より、もう少し進んでいるのですね。

はせくら　人間は本来、高次元空間と繋がっているのに……。

矢作　合気もできなくなるのではないでしょうか。

保江　切られている人は、そもそもこちらが合気を使わなくても簡単に倒れます。それに、自分を守れなくなってしまうから、亡くなりやすいです。

矢作　だから、これはまずいなと思ったのです。人が人ではなくなるようなことにもなりかねませんから。

はせくら　けれども、その状態を望む人たちにとっては都合良いのではないですか。

矢作　この話にはオチがあって、そこまで悲観しなくてもいいことがわかったのです。というのは、実は、これって不可逆ではなく、可逆的である、ということです。日本人が意識をチェンジする……、例えば、ワクチンを打ったことに対しても、**本気で感謝して、その感謝が潜在意識まで届けば、繋がりがまた復活していく**ということでもあります。

打ったことへの感謝というのは、ご自身やご家族、周囲のためを考えて為すべきことを為した自分への感謝、といったことですね。

はせくら　そうですよね。すでに復活している方も大勢見かけますものね。特に、愛念をもって志の高い方は、再接続も早く、繋がりも強いように感じます。

保江　それならよかったですね。

矢作　そこがシルバーコード（＊肉体と幽体を繋ぐもので、「魂の緒」とも呼ばれる）と違うと思いました。シルバーコードは、切れたら死んでしまいますから。

はせくら　結局、その人の生き方によって、高次なものが修復してくれるということでしょうか。

矢作　やはり、**心一つで変わる**ということです。

保江　みんながやっているから打っただけ、タダだから打ってみた、なんていう人は、切れたままなのですね。

矢作　そういう人でも、意識をチェンジしたら違うでしょうけれどね。

はせくら　宇宙の法則に沿って生きようと、美しい心で日々過ごしている人は、高次なものと補完し合いながら、スーッと伸びていく気がします。

矢作　意識をチェンジすることについては、保江先生のいわれていることがすごく大切なので、もっと広めていったほうがいいですね。

例えば、拡散方程式や正弦波、非正弦波などについてです。

保江　ただ、一般の人にはわかりにくいのです。

学者にとっては、解が求められないというのは恥なのですが、そうしたことまで知らさないといけなくなるでしょう。だから、基本的には学者はみんな、いいたがらないのです。

例えば、核融合についてはもう何十年も研究されているのに、いまだに実現できていません。

矢作　そうですね、核分裂はともかく。

保江　でもそれをいうと、研究費がストップされる。物理学者はずっと、核融合はできるといって費用だけもらっていますが、実はできないことがわかっているわけです。

矢作　私は、こういう大事なことは、たとえわかる人にしかわからないにせよ、やはり、きちんといっていったほうがいいと思うのです。

例えば我々が、「非正弦波はどうなっているんだろう」と心の中で思っていても、専門ではないので口には出しません。

けれども、やっぱり疑問に思うから物理学者にうかがってみても、はなからそこは見ていないということですね。

はせくら　そうなのですね。やはりフォーカスする世界だけを見ている世界で、見ていないものはなかったことにする、ということだったのですね。

矢作　ということは、ダークマターではないですけれども、学者が見ないことにしているものが、媒体として実はものすごく重要ということなのでしょうね。

◎二足歩行に証明される、高次元とのつながり

はせくら　ここで先ほどの、二足直立と次元と空間についての物理学を、もう少し教えていただけますか。

保江　例えば、二足直立のロボットがありますね。昔の鉄人28号とか。

矢作　ホンダのアシモ君とか。

保江　アシモもありましたね。マジンガーZとか、鉄人28号とか二足直立の巨大戦闘ロボットって、がっちりしていて、みんな強そうに見えるでしょう。

ところが、実際に作ってみると簡単に倒れるのです。

それに気づいたのは、テレビのニュースで二足歩行ロボットが車椅子を押している映像を見たときでした。

人間だったら、押す人がほぼ直立して、普通の歩き方でまっすぐに、スーッと押していきます。一方、二足歩行ロボットは、車椅子のハンドグリップを持っても、その体制のままでは押せないのです。

ではどうするかというと、まずは膝を深く曲げてからやっと押し始めるのです。

つまり、三次元の物理学の力学をフルに使ってきちんと押せる状態にするには、膝を折って安定化させてからでないとだめなのです。

ところが、人間はそんなことをしなくても、無意識のようにできているわけです。ロボットが直立姿勢で押せないのは、逆に自分が反作用で倒されてしまうからです。

人間よりロボットのほうが、当然体重は重いですよね。モーターが節々にあって、出す力も強いです。

それにも関わらず、直立の姿勢のままでは、車椅子も押せないのです。力だけでいえば、我々人間だって反作用を食らいます。それなのに人間の場合は、子どもでも、大人を乗せた車椅子を簡単に押せるわけです。

ということは、三次元の力学だけで考えると、反作用に負けない何かがあるのです。

テーブルの上に紙のコースターが2枚あるという話を出しましたが、これを二次元の平面上の人だと思ってください。

はせくら　二次元の人が見ている世界は、どんな世界なのでしょうか。

保江　直線しか見えていないです。

はせくら　面は見えないのですね。

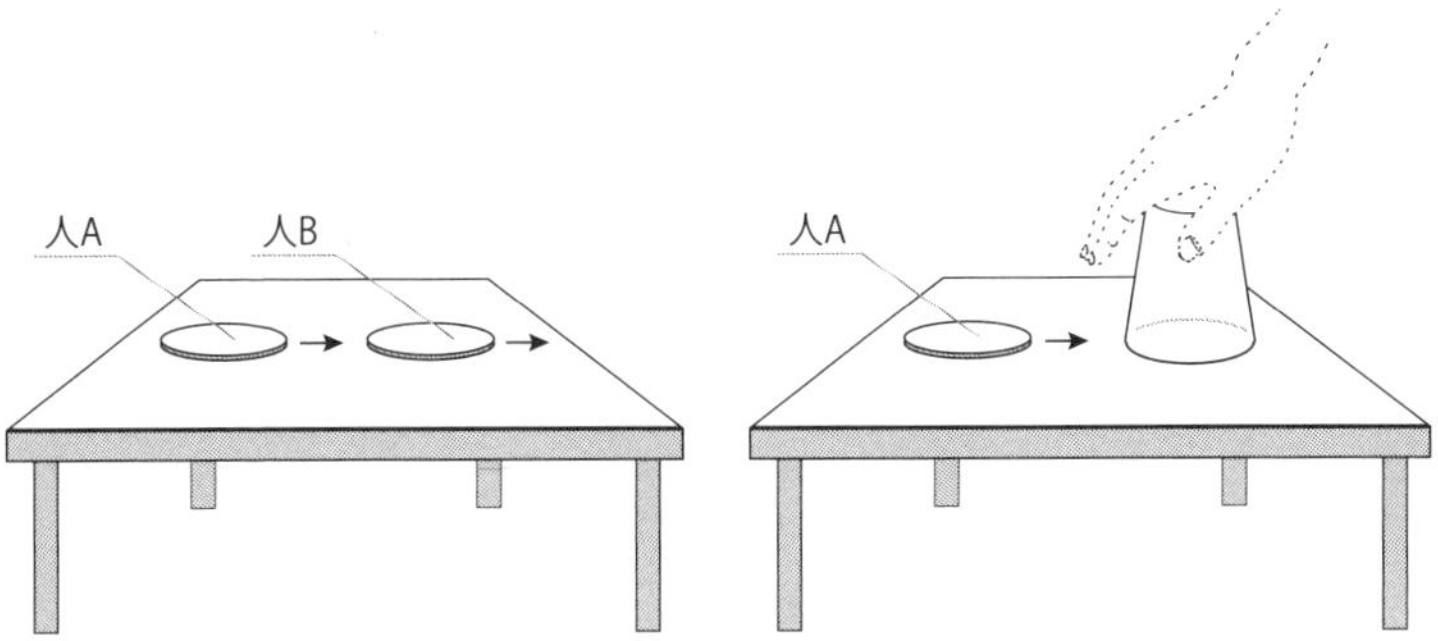

保江　見えません。人Aは、人Bに体当たりすると簡単に動きます。

ところが、テーブルに置かれている三次元のコップに体当たりすると、人Aからは見えない次元方向の存在があって、上から押さえられていればびくともしません。

だから、次の次元に存在が伸びていると安定するのです。

矢作　私は直感的に納得することが多いのですが、ロボットが車椅子を押せないのは、三次元的な理屈としては合理的なのでしょうか。

つまり、何かの計算式の中に入れると、人間と同じようなことができるということはありませんか。

保江　それが、残念ながらないのです。

矢作　そうなのですね。

保江　ロボットを、ブルドーザーや戦車の形にすれば簡単に車椅子を動かせますが。

矢作　人間の形だと無理ということが、科学的にわかっているわけですね。

保江　構造上、力学的に無理です。

矢作　例えば、足の裏で細かい動きができたとしてもだめでしょうか。

保江　細かい動きだけではだめなのです。足の裏をスキーの板ぐらい、うんと伸ばせばいいかもしれませんが。スキーの板ぐらい長さがあれば、戦車と同じように、底面が広くなるからできます。

はせくら　底面が広くなって、重心の位置が変わるからですね。

保江　そう、重心の場所がずいぶん後ろのほうにいくので、押せるでしょう。

矢作　そうですか。単純に、人間の構造というか、三次元の力学的な動きを完璧に写し取ることができれば、ロボットでも同じように作業ができるのではないかとみんな思いますが、やはりそうではないわけですね。

保江　漫画やSFに出てくるような、二足歩行ロボットでは無理です。

矢作　ヒューマノイドはやっぱりだめということですね。
それは、すごいメッセージだと思います。

保江　だから、アメリカが今研究している戦争用ロボットは、みんな戦車の形をしています。そうでないと簡単に倒されてしまう。指一本で倒れてしまうのですから。

僕が武術の本を出すときに、どこかの大学の先生がロボットの車椅子を押す実験をしていたのをニュースで見ました。そこでその先生にわざわざ連絡して、

「ぜひあの写真を使わせてください」とお願いしました。最初は、

「いいですよ」といってくださったのですが、どんな内容の本かと聞かれて、

「人とロボットの違いを説明しつつ、武術はロボットには難しいことを解説します」というと、急に態度を変えて、

「ロボットのことを悪くいう人には貸せません」といわれてしまいました。

矢作　いかにも科学者ですね。

保江　別に悪くいっているつもりはなく、ただ事実を書こうとしただけなのですが。

結局、そこはイラストにしてもらいました。

矢作　それもすごいメッセージですよね。今も一生懸命、ヒューマノイド型の開発をしているじゃないですか。

保江　やっています。

矢作　でも、いつまでたっても膝が曲がっている。

保江　そうなのです。そして、足がすごく大きい。そうでないと物は押せないし、すぐに倒れてしまうから。

　このことをいえば、我々は、魂と称する高次元部分と繋がっている存在なんだということに、誰でも気づくと思ったのですが、そうではありませんでした。

矢作　今、意識を上に伸ばしたけれども、次元ってここに重なり合っているから、極端なことをいえば体がアンカーみたいになるのですね。

保江　アンカーがたくさんあって、安定している。

はせくら　重なり合っているという視点を持つこと自体、一つのパラダイムシフトだと思います。

矢作　次元が重なっているから、みんな普通に直立で歩いているわけですね。

保江　そもそも矢作先生がなさっている登山なんて、高次元と繋がっていないと、強風のときなど斜面から簡単に落っこちますよ。

はせくら　軸が立っている人は、あまりぐらつかないといいますね。

私自身は、あることをやってから割と強くなりました。

それは、ヒモトレと呼ばれる、紐を体にゆるく巻き付けて、軽く体を動かす方法なのですが、創始者である小関勲先生の講座を受けたことがきっかけで、以来、始終、紐をゆるく巻き付けているのです。そうすると、ぐらつかなくなるのです。

保江　それも、緊縛の効果じゃないですか。

はせくら　あ……そうか。私はすでに長年、緊縛をしていたんですね。

保江　以前、巨人軍に、一本足打法の王貞治選手がいたでしょう。彼が片足で構えているとき、同僚が押しても倒れなかったのです。片足なのにですよ。

矢作　そうでしたか。

はせくら　上と繋がっているから、軸がしっかりしている。そのことを、無意識レベルでもわかっていると、ずれないのでしょうね。

保江　禅のお坊様でとても位が高い方が座ると、どこから押してもびくともしないそうです。それで、あるお坊様に「ぜひ道場に来て指導してください」とお願いして、来ていただいたのです。

ところが、道場では禅の境地に達せないためでしょう、全然だめでした。

矢作　意識が上に伸びている状態だったら、強いということですね。

保江　伸びて、他次元に行ったら強いのです。

矢作　なるほど、わかりやすいです。

保江　**我々が生きるこの世界の真の姿とは、無限次元に連続して広がっている美しい空間**だと捉えることが、空間というものを物理的に考察するための出発点となるのですね。

矢作　ありがとうございます。

保江　ありがとうございます。

はせくら　しびれました。川端康成の名文かと思いました。

保江　値千金のお言葉をいただいて光栄です。

矢作　確かに、今の禅のお坊様の逸話は意義深いですね。

禅では、実は本当にとんでもないことをやっているのだとわかります。

つまり、心というか、**境地次第で意識は当然伸びるので、安定しますよ。**

これは、「論より証拠」のとてもいい例です。

保江　そう、論より証拠なのです。現にそうなっている。

矢作　それと、二足直立についてもう少しいうと、ただ座っているだけだったらイージーなのですが、立つとなると、誰しも心意気が違うのです。

物理的な形としてはそんなに大変化したようには思えないのですが、実際には、桁違いにすごいことなのですね。

保江　矢作先生が東大の救急の現場にいらしたとき、ストレッチャーで運び込まれた患者をベッドに移すときの、驚きの話をしてくれましたよね。手伝ってくれる人を待っている時間はないので、ストレッチャー上の担架ごとお一人で持ち上げるのだと。

それって、構造上ありえないのですよ。それこそ、二足歩行ロボットには無理です。ブルドーザーじゃないとできないようなことを、人間一人ですっとできる……、驚愕の話です。

矢作　心意気があって、意識がビョーンと伸びればできますね。

そういう事例一つからも、真の科学の心があれば、普通の古典力学や運動力学では説明できないことが起きているとわかるはずです。

だから、そういうところを見ないことにするというのは、とても不合理なことです。

はせくら　都合の悪いことはなかったことにするという。

保江　都合の悪いことを指摘する人は、ロボットの敵だといわれてしまうのですから。

矢作　それが、一般的な科学者の心ですね。

科学者って実は泥臭くて、自分や家族が生きていくために科学を生業《なりわい》としている面が大きいので、お手上げ状態のところを掘っていたら生きていけないわけです。

だから、自分の手のうちに納まるくらいに、世界を勝手に切り取っているだけなのです。

◎多次元空間を象徴する言葉を知ることの重要性

はせくら　空間というと、3次元のように思えるわけですが、同時に2次元も4次元も、他の次元もたくさんあります。空間といえども、その中に重なり合うようにしてある。

では、私たちは、次元が重なり合っていると認識するだけで、やはり変わるものでしょうか。

保江　もちろん、変わります。ただ、僕は理論物理学者で、かつ数学もかなり高度な無限次元空間という概念まで勉強しているので、僕の語彙、観念、概念の中にそういうものがもともとあるのですね。

だから、僕の仮想空間の中の多次元空間、高次元空間というのはかなりリアルなわけです。ところが、一般の人に高次元空間といっても、そのあたりを象徴する材料を全く持っていません。


2023年11月末に、『月間秘伝』の関連本として、『完全解明！　合気の起源　高次元空間の物理が教える究極の武術原理』（ビーエービージャパン）を出版したのですが、その関係者が笑いながら教えてくれたことがあります。

『月間秘伝』などの編集者は、たいがい武術オタクなのですが、自分たちが武術の修行をしてはいない。でも、武術の凄さや理屈が知りたい人が多いですね。

その人たちがこの本の内容は本当に面白いといって、真摯に作ってくれたのですが、案の定、一般の読者層である実際に武術をやっている人に聞くと、写真も載っているし嘘が書かれているわけではないと思うが、なんだかさっぱりわからないという反応らしいのです。

矢作　結局、イメージする材料を持ち合わせていないのですね。

はせくら　だったら、材料を作りましょう。御著書の中にあった、佐川幸義先生のお言葉がグッときました。この本質をズバリと指摘しているのです。

「合気は気を合わせることである。宇宙、天地、神羅万象の全ては融和、調和によりて円満に滞りなく同じているのである。この調和が合気なのである。合気は自然の気なれば少しの滞りもなく、抗いもなく、合一融合するものである」

保江　そのとおりです。

はせくら　そうなのですね。ただ、一般の人には、目にも止まらぬ速さですっと消えるような現象があったほうが、合気としてはわかりやすいのでしょうか。

保江　皆さんはそれを求めますね。それを筋肉とスピード、反射運動などで実現しようと努力します。

矢作　ただ、私の先輩が非常に鋭いことをいっていました。外から見ていると、スローモーションのようであると。

保江　おじいさんのように、ゆっくりした動きに見えますね。

矢作　ずいぶん前にそうおっしゃっていたのに、弟子たちはそれを聞かないわけですよ。だから、いまだに理解できないのです。

保江　それを僕が解説しても、やっぱりわからない。だって、もともと彼らの仮想空間の中に、材料がないのですから。

矢作　日本人のスポーツ選手はトレーニングのしすぎで、本番の競技ではなかなか勝てないというジンクスが、長い間ありました。結局、自分で決めた枠の中でしか動けなくなってしまうのですね。

保江　枠の中、自分の仮想空間の中でしか動けないから、日頃のトレーニングをすればするほど、その仮想空間が固まってしまうのです。

矢作　逆効果なのですね。

保江　そこに突然、どこかの国の見たこともないような選手がやってきたら、その仮想空間では対応できずに、簡単にやられてしまうわけです。

あるプロボクサーもいっていますが、元プロの人がトレーナーとして付いてくれて、ミットでパシパシとパンチを受けてくれたらものすごく調子がいいのに、ド素人がパンチを受けていたら調子が狂って、全然だめになってしまう。

矢作　調子が狂うということがあるのですね。

保江　ド素人が付いたら、それまで構築した仮想空間にない象徴部品で動いてしまうので、対応できないのです。

はせくら　そのお話を聞いて、私は音楽を思い浮かべました。

日本人は和楽器の音を全部、左脳で聞いています。和楽器の笙《しょう》や篳篥《ひちりき》ですが、あれは不協和音なんです。笙というのは天からの音で、篳篥は地からの音。それを繋ぐのが龍笛《りゅうてき》で、そこに太鼓などの打楽器が加わっていき、この不協和音が豊かさを生むわけです。

そして、不協和音の中でさらなる調和を生もうとする働きと、それを壊そうとする働きの連続がある。この流れは非可聴領域まで広がって、高次元の音も全部入ってくるので、魂に響くのですね。

日本人は昔からそれを聞きながら、高次と繋がっていたのではないかともいわれています。

一方、西洋楽器というのは、基本、ハーモニーを重視して、常にシンメトリーで、音も周波数的に調和させていきます。西洋建築もそう、常に調和へ向かうので、カチッとした美しさがあります。

日本建築はといえば、例えば大嘗祭の高御座《たかみくら》は八角形ですが、一箇所だけ微妙に長さが違

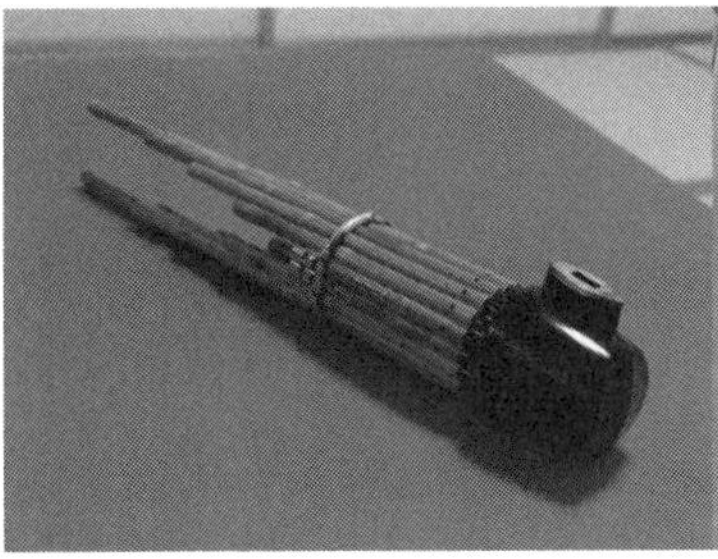

「笙」

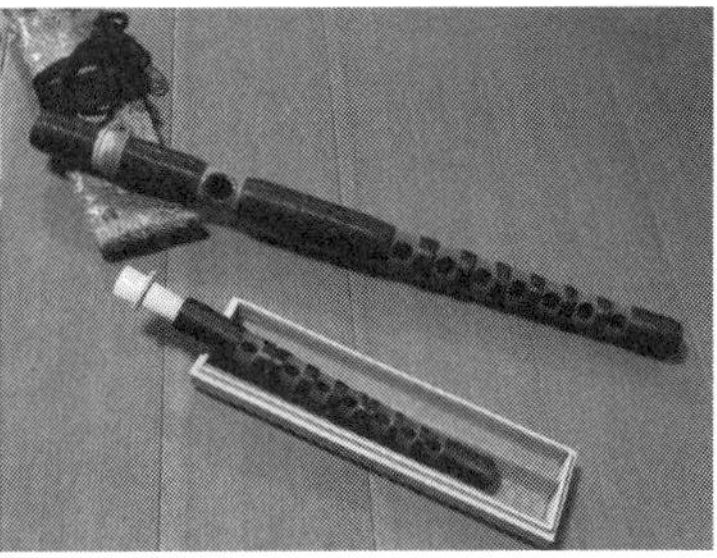

上「龍笛」　下「篳篥」

うのですね。私は実際に測って、問い合わせもしました。

完全な八角にしたほうが楽に作れますが、夢殿と呼んでいた頃から、きっちりと対称性を持った形ではなくて、ちょっと違う箇所をあえて作っている。

それはとても難しいそうですが、そのことで、微妙な間のゆらぎ、ずらしが生まれるのです。

矢作　上に繋がれるということですね。

保江　なるほどね。

矢作　それも、縄文の縄と一緒ですね。

はせくら　このゆらぎやずらしが、日本の音楽にも建築にも通じていると思います。

保江　そうしたことは、実は至るところにあるようです。例えば、普通の電子装置の回路は、昔から電圧、電流、抵抗、トランジスタで成り立っています。

ＩＣチップも、小さいながらものすごい数のいろんな部品を組み合わせてあって、やはりそれらが基本です。

ただ、理論のとおりに回路を作った場合、実は理屈どおりの音は出ません。

ではどうするかというと、職人が回路図を見て、余分なところに適当にハンダ付けをして、コンデンサーなども入れます。そうしたら完璧なものができるのです。

回路図がもともとあるのだから、そんな余分なものをつけたら狂うはずなのに、そうはならない。電子工作にマニアックな日本人の職人だけが、長年の勘でわかるのです。

はせくら　いったい、どういうことなのでしょう。

矢作　それって、理屈抜きに高次元に繋がっているのではないですか。

保江　はい、そういう人たちは、その方面の高次元に繋がっているのです。そういう人同士も、お互いにわかるようです。

はせくら　職人の技というのは、そういうことですね。

矢作　だから、新幹線の車両についても、カンカン叩いた音だけで検査できるのですね。

保江　非破壊検査ですね、あれも音でわかります。

矢作　そういえば、山口県の下松に、新幹線の流線型の頭部分を作っているところがあるらしいですね。あれって、叩き出しなんですよね。

保江　人間が、アルミニウム合金を木槌で叩いて形作るのです。

はせくら　やはり、職人の技ですか。

矢作　そうなのです。制作現場をテレビで放映していました。
　本当に綺麗な流線型で、左右対称に見えますが、現場では適当に叩いているように思えます。何かの型に合わせてやっているわけでもないのに、結果、設計図どおりになっています。

保江　岡山に安田工業という小さいメーカーがあって、そこは完全平面の台座を作っています。1／1000ミリメートル以下の凸凹しかないという、完全に平面の鉄の台です。

　例えば、フェラーリのエンジンは、その完全平面の鉄の台にコンピューター制御の旋盤を置いて回さないと、作れないというのです。旋盤がいかに精巧に動こうと、台座にほんの少しでも凸凹があれば、フェラーリの仕様のエンジンは作れないのです。

　ですから、フェラーリの社長が毎年、その会社に買い付けに来るという。

　その完全平面を作っているのは高齢男性なのですが、それができるのは彼一人しかおらず、普段は農作業をしているそうです。

まずは若い工員が機械で削って計測し、これで完璧というものができたら、それを彼が手で触っていきます。

そして、「ここを皮の布で5、6回擦《こす》れ」などと指示して、また触って確認する。そんな1／1000ミリメートル以下の凸凹は、彼の手で触ることでしかわからないのです。

実は、長い間、後継者がいなくて困っていたそうですが、やっと見つかりました。その高齢男性が亡くなったらできる人がいなくなってしまうのでは、フェラーリも困りますから。後継者は岡山の若い女性で、工業高校を出たわけでもないのですが、やはり指だけでわかるのだそうです。

矢作　レンズ磨きも最後は、手でするそうですね。

はせくら　矢作先生は、手術のときなどは、やはりそうした手を使っておられたのですか。

矢作　いやいや、私のはそんな職人技ではないです。

保江　僕は、大学で天文学科に所属していたのですが、そこの助手の方は、小学生の頃から天文台に入って手伝いをしていたそうです。

　彼は、レンズ磨きの腕もすごいのですが、照準を星に合わせるときのペケマークが見えるのです。あのペケマークは、人造の線維では太すぎるので、なんと天然の蜘蛛の糸を使っています。

　その糸も、肉眼で見えるようでは太すぎるので、肉眼で見えないくらい細い蜘蛛の糸を、指でど真ん中にピタッと当てているのです。その方はペケマークをレンズにつける、ということをしていました。見てみると、本当にど真ん中に、細いまっすぐなのがピッと当たっています。達人ですよ。

　これは、**高次元に繋がっていなければ無理な話**です。ロボットアームでは絶対にできません。

矢作　**神は細部に宿る**って、こういうことですね。

保江　そのとおりです。こうしたすごいことに長けている人の事例を挙げてみたら、全員が高次元に繋がっていることがわかるでしょう。

はせくら　ファクトがたくさんありますね。

ところで、保江先生のご著書に、ＵＦＯの全ての部品はそれぞれが魂を持っていて、それらを組み合わせるときは魂を壊さないように注意して、組み立てる人間も魂を込めて作業しなくてはならない、と書いてありましたね。

保江　そのとおりです。それは、ロシアのＵＦＯを研究する施設で働いていたという女性から聞きました。

矢作　これについては、実は秋山眞人さんも同じことをいっていました。彼は、富士山の裾野で４年半にわたり、宇宙人にＵＦＯの操縦方法を教わっていたそうです。

保江　本当ですか。

矢作　結局は、**心で操縦する**らしいです。操縦席にはパネルがなく、昔のカメラのファインダーみたいなものがあるそうです。

計器もなくてシンプルなのですが、なかなかうまく操縦ができないそうなのです。

彼みたいな人でも難しいので、普通の科学者では、全然だめなのですって。


はせくら　魂というか、**霊《ひ》の力**ですね。

だいぶん前の話になりますが、靈という字が霊に変えられてしまったり、そこにだいぶんネガティブな意味を持されたりしました。

けれども、霊《ひ》という御霊《みたま》は根本なので、それをフラットなイメージで合わせられる日本語がないかなと思って、ずっと考えています。

その言葉が見つかれば、霊主体従（＊魂、精神、心など、霊的、精神的なものが主体となり、物質的な欲望などを「従」として、魂、精神を成長させていくという考え方）になれます。

保江　みんなで共有する仮想空間が広がって、全部ビジュアル化できるのですね。

はせくら　そうなんです。本来、最も尊く本質的なものであるにもかかわらず、おどろおどろしいというか、何かしら先入観が先行してしまうので、もっとフラットな表現で、表せたらいいなと思いまして。

矢作　以前、Naokimanさんの YouTube チャンネルに呼ばれたのですが、その少し前に、ネドじゅんさんという、突然霊力が備わったご婦人が、非常に上手な説明をした本が話題になりました。『右脳さん左脳さん』（ナチュラルスピリット）という本で、その中では、**本体さん**といっていました。非常に賢い呼び方です。

つまり、自分の意識が高次元に伸びている部分が本体さんだということです。

保江　一般向けには、わかりやすいかもしれません。

矢作　そういう新しい言葉を作らないとだめなのでしょうね。昔からある「魂」といっても、それを信じないわけですからね。

はせくら　魂といった途端に、怪しいと思われる。

保江　一歩引かれる。

矢作　結局、意識の壁ですよね。

だいたい人って、自分の意識の壁の外側にあるものは受け付けないじゃないですか。だから、本体さんって上手いネーミングだなと思ったのです。「さん」をつけることで、身近な感じにもなっていますし。

保江　それもいいですが、もう少し的確で、かつ学術的にも使えそうな言葉がいいですね。一般向けには本体さんでいいですが、学者に向かっても堂々と発せられるものがいいです。

矢作　本当の意味での意識という意味で、本意識とか、私はそんな風にいつも感じていました。

はせくら　すでに光に戻られた方で、親しくお付き合いしていた川田薫先生という理学博士の方がいらっしゃいます。その先生は、無機物から有機物を作ったり、いろんな研究をされた方です。

その方が、亡くなるとはどういうことか、という実験をされました。

まずはラットでやると、パッと逝くラットは心電図に写るのが正弦波で、波が上がって下がったところでご臨終となる。でも、何回も波が上がったり下がったりするラットがいたそうです。

どういうことだろうと思ったら、それが、往生際が悪いということだったのです。

そして、亡くなったラットは生前と比べると、1万分の1の重さが減っていた……、それが魂の重さだろうとわかりました。

これを、同じように精密機械の時計でもやってみたところ、全部分解したところで、やはり1万分の1の重さが違ったのです。

保江　本当ですか。すごいですね。

はせくら　物であっても、1万分の1の重さが違う。ということは、この1万分の1というのが動物や物に込められた魂の重さだといえます。

でも、魂という言葉は学術的には使えません。ということで、彼は「機能エネルギー」という呼び方を使っていました。その後で、高野山大学で密教を学ばれたそうですが。

矢作　機能というのは多義的というか、手垢のついた言葉だからそうした意味で使うのは難しいかもしれませんね。

はせくら　そうですね。

保江　何か完全に新しく、スカッとしていて、簡単に表象できる単語が欲しいですね。

はせくら　本当は、みんなわかってはいるのですけれども。

保江　わかっています。

はせくら　ただ、それをいい表す名前に手垢がついてしまっています。

保江　結局それを、愛とか魂といっていいのか。愛とか魂とか霊というのは、いい表現ではあるのですが、今の人間がそれを受け入れなくなってしまいました。

はせくら　ひねくれてしまったんですね。

矢作先生は、『人は死なない』（バジリコ）から始まり、おっしゃっていることがずっと一貫していますね。

矢作　一言でいえば、バカの一つ覚えです（笑）。

はせくら　保江先生も、その本質のところを、あの手この手でずっと伝えようとしておられます。

保江　そうですね。

はせくら　本当にシンプルな、繋がりを表すような言葉が欲しいですね。

ところで、保江先生が普段、合気などでされていることは次元転移ですよね。

保江　僕は空間を切ったり、空間の次元転移を誘発するところまでできるようになったから、先ほどの『完全解明！　合気の起源　高次元空間の物理が教える究極の武術原理』という本も書けたのです。

見つけたばかりで、すぐに一般にオープンにしたことを批判する門人もいます。

「僕らだってまだ使いこなせないのに」と。

はせくら　秘儀をすぐに出してしまったということですね。

保江　そうです。だから、
「いや、隠したらそこまでなんだ。みんなに共有してもらったら、また次のもっとすごいのが見つかるはずだよ」といっていたら、この本を出した途端に緊縛師の先生に出会って、「可愛うて可愛うて、愛おしゅうて愛おしゅうて」の境地がわかりました。
そうしたら、空間次元転移をしなくても、できるようになってしまったわけです。

はせくら　宇宙はもったいぶったりしないですものね。みんなでシェアしていいのです。

保江　そうです。だから世界で俺だけのものとか思っていたら、緊縛の発見はなかったと思います。

矢作　まさに、恩送りですね。

はせくら　素敵です。

保江　今や緊縛のほうが、次元変異よりも、僕にとっては本質になってきています。緊縛は、自分が主体として動かなくても、そのまま、あるだけでいいので。

はせくら　人間の本質は高次元空間に存在するという、この真実の共有が、世界をひっくり返すような気がします。

矢作　三次元しかないと思って悪事を働いている人たちが大勢いますが、それはできなくなりますね。

はせくら　そしてさらに、本質が高次元空間に存在するからこそ、人間は常時安定して二足直立することができるという保江先生のお話も、とんでもなく興味深いことです。

パート5　空間圧力で起こる不思議現象

◎聖フランチェスコの言葉の本質がわかれば世界から戦争がなくなる

はせくら　また日本語の話に戻りますが、日本語は、主語なし文が多いという特徴以外に、受動的な表現が多いのです。

例えば、電車などで「運転手がドアを閉めます」ではなく、「ドアが閉まります」というように、日本語の表現は自ずとなる、**自ずと成り代わる**のですね、まさに自然界のように。

自ずと成るという表現で代表的なのは、古事記冒頭にある「高天原に成りませる」です。この自ずとなってゆく変異の世界というのが、日本語表現の一つの特徴です。

他動的に力が入るのではなく、やはり上と通じていくというか、自ずと成るのに任せるような。

保江　いつぞや、はせくらさんがイタリアから帰った直後に教えてくださった、聖フランチェスコの言葉、「伸びやかに、軽やかに、あなたのままに」ですが、日本語人の感覚に近いものがありますね。

はせくら　キリスト教系の世界の中では、最も東洋的な感覚を持った聖人といわれています。

保江　やはり、異端者だったのですね。

はせくら　最初は、街の人から気が狂ったのかと思われたようです。何もいらないといって、服を全部脱いで裸になったという逸話も残っていますので。けれどもそれだけ、純粋でまっすぐだった、ということでもあります。

矢作　聖フランチェスコは、イノケンティウス3世（＊13世紀、ローマ教皇の全盛期の時代の教皇。「教皇は太陽、皇帝は月」との言葉を残した）に教えていたんですよね。

はせくら　そうですね。その流れはやはり、きちんとあるのですね。
私がイタリアに行った理由も、聖フランチェスコが生まれた国だったからです。

矢作　彼は、小鳥に説教したという逸話も残っていますね。

はせくら　空気感が矢作先生に似ていらっしゃいますね。もしや……フランチェスコの魂と被っておられるのでは？

保江　矢作先生は確かに、聖フランチェスコに似ていますね。近所にカフェができて、毎朝そこでコーヒーとクロワッサンをいただくのですが、その店の入り口に聖フランチェスコの像が飾ってあります。

その像が、矢作先生に似ているのです。髭があるのですが、先生が髭を生やしたら本当にそっくりになることでしょう。

聖フランシェスコ

はせくら　神武天皇様の次は、聖フランチェスコに⁉

保江　きっとそうだと思います。日本人みたいな面立ちをされていますしね。

はせくら　ますます、聖フランチェスコが尊く見えてきました。

保江　はせくらさんは、その頃の何か、関係者だったんじゃないですか？

はせくら　どうやら、そのようなんですね。幾度かフランチェスコがいたアッシジの街に訪れて感じたことなのですが、聖フランチェスコに会っていたなという魂の記憶が蘇ったんです。ただ、当時は、聖フランチェスコに辛く当たった、父親側の関係者だったみたいです。

保江　そっち側だったのですか。

はせくら　残念ですが、そのようです。その節は、失礼いたしました。ごめんなさい。

矢作　いえいえ（笑）。

はせくら　ＵＦＯの部品にそれぞれ魂があったという話に戻りますが、その話は日本人には親和性が高いですね。

結局、物にも気持ちを込めるから、日本の物づくりは素晴らしいのです。

もともと日本は多神教的で、全てに霊性が宿ると考えられていて、あらゆるものに霊《ひ》の力、本質を認めてそこに沿わせるから、結果として素晴らしいものになります。こうした意識というのは、世界に誇れる、本当に本質的なものなのだと思っています。

保江　ＵＦＯの部品を、科学者とかエンジニアだけで組み上げたら、ＵＦＯは動かない。ところが、魂を込めることができる人が科学者の指示のもとに組み上げたら動いたのですからね。

矢作　魂というか、意識を入れているからでしょうね。

保江　だから、その分の重さが加わるということなのでしょう。

はせくら　1万分の1の意識の重さですね。

保江　かつて、僕が住んでいたスイスという国は永世中立国で、国民皆兵で自分の国は自分で守ろうとしています。だから国防のために、外国から大量に兵器を買うわけです。

例えば、第2次世界大戦中は、ドイツからメッサーシュミットという一番いい戦闘機を買いましたが、彼らはそれを一度分解するのです。

それを、スイスの時計職人が組み立て直す。そうすると、元のメッサーシュミットより性能がいいものができます。

ナチスドイツは一度、スイスに攻めてきたのですが、そのときメッサーシュミットに乗ってきました。それを、スイスの時計職人が組み上げ直していたメッサーシュミットで、全部撃退したのです。

はせくら　形態は同じでも、形質が違ってしまったのですね。

保江　それは、今でも伝統として残っています。今のスイスはアメリカのF18という戦闘機を買っているのですが、それも一度バラして時計職人が組み上げ直すから、性能が上がっています。

ドイツのレオポルトなどの戦車も、買っていったんバラしてまた組み立て直すと、元のドイツの戦車よりも性能が良くなります。

矢作　愛によって機能は良くなるし、燃費も上がるようですね。

保江　そのとおりです。

はせくら　これをもう少し科学的に、エビデンスを示すなどするには、どうしたらいいのでしょうか。

保江　エビデンス、データは取れます。実際にそうなっていますから。

はせくら　論より証拠ですね。

保江　ただそれでも、この3次元の理解だけでは、理屈が説明できません。

はせくら　それは3次元という、いわば閉じられた空間の範囲の中ではできない、ということでしょうか。

保江　高次元まで入れたら、おそらくできると思います。
部品にしても、3次元だけの形態の部品もあるとは思いますが、本当はより高次元の、4次元5次元ぐらいのものもあると思うのです。

はせくら　部品という物質の中の、例えば素粒子まで行くと、それはもう情報、エネルギーというものになりますよね。そこの質が重要なのでしょうか。

保江　質もありえます。3次元の中では、質と捉えるしかないでしょうね。

はせくら　とりあえず、最大限の言葉でいってみるとそうなるのでしょうか。

保江　確かに、質になりますね。

結局は、聖フランチェスコの言葉、「あなたのままに」に通じます。

宇宙、神羅万象のままにあることが大調和であり、和合であり、合気である。

「それでいいんだよ」と。

そして、「可愛うて可愛うて、愛おしゅうて愛おしゅうて」でいいのです。それだけで宇宙のあらゆる力が、高次元のものまで含めて、目の前に広がっていく。ただ、ある。

その世界が自分の仮想世界になったら、例えば武術家ならば、すごい術が使えるようになるし、それが思想家であれば、キリストとかお釈迦様みたいな悟りが開ける。

はせくら　では、一般人はどうでしょう。

保江　一般人も、僕が緊縛を見守ることを2回経験したときの、「愛おしゅうて愛おしゅうて、可愛うて可愛うて」の境地になり、優しい人といわれるようになる。

はせくら　お顔が変わりましたしね。

保江　そうしたら、世の中には摩擦が起きないと思います。戦争もなくなる。

はせくら　そもそも、それが存在しない世界に成り代わってしまう。

保江　そうです。

はせくら　では、聖フランチェスコ先生、お言葉をお願いします。

もう矢作先生が、聖フランチェスコにしか見えなくなってきました（笑）。

矢作　まさに大調和というか、要は、**全てがあるようにあるとわかる**ことですね。

体に例えれば、自分は脳みその細胞である、爪の細胞であるとわかるようなことでしょう。

当然、それらは体の中で喧嘩しないから、いつも大調和なわけです。

それを様々な人々が、一つの本質を多面体として見ていろんな表現をしているけれども、いっていることは一緒だと思いますね。

保江　そうですね。

矢作　あるがままに、というか、すでにあるがままにある、ということに気づくかどうかなんでしょうね。

保江　はい。それに気づくかどうかですよ。

はせくらさんの場合は、縄文土器を見たり、縄文学の先生方と交流することによって気づき、僕は緊縛で気づいた。

はせくら　楽しいですね。先生の今のお顔がクピドさん（＊ギリシャ神話の恋の神）になっておられますよ（『愛と歓喜の数式「量子モナド理論」は完全調和への道』保江邦夫　はせくらみゆき共著〈明窓出版〉参照）。

◎空間圧力で不思議な現象が起きる

はせくら　それから、保江先生のご本で、「『空間圧力』という言葉を便宜上つけます」、とされているのも面白いですね。

保江　それは編集者が、

「武術家には高次元空間といってもイメージできないから、あたかもこの3次元空間にそういう圧力があるように表現したほうがわかりやすいですよ」といってくれたのです。

はせくら　相手の体を周囲の空間から切り離して、空間圧力を受けられなくするのですね。例えば、私は先生の近くには、一定範囲内までしか行けないんです。圧があるのです。

保江　それは実は、**高次元空間に繋がっている影響なのですが、この3次元空間の言葉だけで済まそうと思ったら、「圧力がある」というしかない。**

矢作　まさに空気投げなんて、そんな感じなのでしょうね。

はせくら　空間圧力という言葉なら、イメージしやすいですね。

保江　そうなのです。一般の人にイメージしやすいというのは大事ですね。

はせくら　ある場所だけにとどめておくと、結局、そこの時空間だけの真実になってしまいます。でもこの空間圧力も使いつつ、手刀とかで表現する。

特に面白かったのが、目線です。

保江　目線ね。目は口ほどにものをいいますから。

武術において、目付（目線）はいろんな流派にあります。目付の大事というのが、宮本武蔵です。

『五輪の書』の水之巻《すい》「兵法の目付といふ事」で、「勝負は視野を広く保つことが大事である。物の見方は『観』と『見』があり、観は広く意識を広げること、見は集中して見ることである。遠いところを近くにあるように、近くを遠く見ることが一番である」といっています。

「観は広く意識を広げること」……、つまり、高次元からの見方ともいえるでしょう。

はせくら　高次元からの見方ですか……。そういえば、海岸沿いの街に住んでいたとき、よく海を散歩していたのです。しばらく佇んでいると、本当に良い気持ちになるというか、自然と自己が一体になる、境界線のない世界に意識が飛ぶことがあります。

そんな折、帰路につこうとしたら、たまたま帰り道の道路が封鎖されていて、家に戻るには、大きく迂回するか、信号のないバイパス道路を横断しないといけなくなりました。

それで、バイパスの方を斜め横断し始めたら、目の前に交番があり、警官がいる目の前を通らなくてはいけなくなったのです。目が合ったはずなのに、何も声を掛けられなくて……。

矢作　警察官からは、見えなくなっていたのですね。

はせくら　驚きました。完全に視界の中に入っていたはずなのに。

保江　今、思い出したことがあります。

先述したように、緊縛による自分の変化の後、「愛おしゅうて愛おしゅうて」を道場でやってみたらすごいことになると思いました。空間の次元転移すら使うことなく、笑顔で、「愛おしゅうて愛おしゅうて」と思いながら合気をすると、相手にすごい影響を与えることになると確信していたのです。

そのとき、沖縄から総合格闘技をやっているガタイのいい男性が、初めて道場に来ていました。もともと彼は、沖縄の琉球空手の先生に師事していて、その先生が亡くなられてしばらくした頃に、『完全解明！　合気の起源　高次元空間の物理が教える究極の武術原理』を読んでいたので、僕に会ってみようと稽古に来てくれたのです。

緊縛の直後だった僕は、古い門人たちにかかってくるようにいいました。すると僕が、「可愛うて可愛うて、愛おしゅうて愛おしゅうて」という気持ちで歩くだけで、かかってくる門人がみんなヘタヘタと倒れてしまいました。

みんなには、緊縛を見たからとはいえないから、「愛おしゅうて愛おしゅうて、可愛うて可愛うて」という気持ちになれば誰にでもできると説明してやらせてみましたが、あまりうまくはできませんでした。

稽古が終わってから、沖縄から来た男性が近づいてきて、話してくれたところによると、なんと彼が師事していたのは、琉球空手の上原清吉先生という、琉球王朝の秘伝を継承されている空手の宗家でした。

それ以外にも、興味がある先生のところには全部行って学んでいるそうです。

そして、僕が道場の中を歩いているその姿や目の感じが、上原先生にそっくりだったというのです。

「僕も上原先生を尊敬していますよ」というと、

「実は僕、空中歩行をしたことがあるんです」といい出したのです。上原先生だけでなく、あのヨガ行者の成瀬雅春さんの弟子でもあると。

矢作　成瀬さんの空中歩行は有名ですよね。

保江　彼は、成瀬さんとチベットに一緒に行ったこともあるといいます。先生は本にはあまりスピリチュアルなことは書かれませんが、お酒を飲むと気分が良くなっていろいろと教えてくれるそうです。実際に空中浮遊、空中歩行するときは、僕が道場でやって見せたあの雰囲気だとのことでした。

彼も、チベットにご一緒したときにやってみたらできたそうです。ところが、日本に帰ったらできなくなってしまった。

はせくら　日本には、疑いの波動がたくさんあるからでしょうか。

保江　そうではなくて、安全な場所だからだという。あまり危険がないからできないというのです。

チベットは、どこに氷の割れ目や崖があるかわからないから、普通に地面に足をつけて歩いていたら、クレバスに落ちたりする危険性がある。だから、道に穴が開いていても、そのまま歩き続けられるような能力が出てくるというのです。

はせくら　「必要は発明の母」といった感じですかね？

保江　そうです。生死に関わるようなことだから、本気でできると。

矢作　日本にはそんな危険がないから、できるようになる必要もないということですね。

保江　でも考えたら、矢作先生は山に入っていらっしゃるから、同じ状況ですよね。やはり、それには意味があったのだと思います。登山がなければ、ここまでの境地にはなっていなかったのではないでしょうか。

矢作　今以上に、普通の人だったかもしれません。

保江　滑落して死の淵に行くようなところを、助かったという経験もなさっていますよね。

矢作　はい。少し前には、北岳というところに行ってきました。2日目には、麓から頂上に行って、また麓に降りるまでに17時間かかりました。そんな時間を登り降りしたら、いつもだったら結構疲れるのに、今回は疲れなかったのですね。

不思議に思ってはせくらさんにうかがったら、その空間が少し変わっているとのことでした。

神社などもそんな感じでしょうけれども、肉体と意識のマッチング的な何かでしょうか。

保江　実は成瀬さんは、なんと水とお酒でしかエネルギーを取っていないそうです。本では水だけということになっていますが、実はお酒がお好きで、仲間内の席では本当に楽しく飲んで、「俺は実は、酒でエネルギーを摂っているんだ」と豪語されていると聞きます。

成瀬さんがおっしゃるには、

「相手との距離というのは、そこにあるのが当たり前だと一般的には思うけれども、実は距離なんてない。どんなに遠い場所であっても、そこに距離はないのだ」と。

我々は、**仮想空間の中で、近いとか遠いとか認識しています。**

でも成瀬さんは、どこに移動するときも、彼の仮想空間の中の距離を短くしてしまう。おそらく、**心理的距離をゼロ**にしているのではないかと思います。

だから、ヒマラヤでも、かなり遠い村までほんの30分で移動できるなどの瞬間移動に近いことができるのです。

沖縄の彼も同行したときに、困難な目的地なのにすっと行けたという経験をしたそうです。

そして、矢作先生が北岳で疲れなかったのは、はせくらさんによると、先生の周囲の空間がちょっと変わっていたからだと。

はせくら　ちょっとどころか高次元空間すぎて、私などには立ち入ることもできない、神聖領域の結界内という感じです。

保江　そこで自在に距離を制御できたので、楽に移動できたということではないでしょうか。

矢作　サラリーマンを辞めてからの天地への感謝行脚では、17時間ぶっつづけで歩いたのは今回初めてでした。

はせくら　そこまでできた、きっかけというのは何でしょうか。

矢作　よくわからないんです。その前の週にも、実は行っていたのです。普通だと1回行ったらしばらくはもう行かないのですが、雪が深いときに履くかんじきを忘れて、足がズボズボと雪に埋まって時間がかかってしまいました。

だから、かんじきを使ったらもうちょっと早く行けるのかなと思って、リトライしたのです。

それで、今回疲れなかったのはかんじきのせいかなと最初は思っていたのですが、かんじきを使ったのは8時間ぐらいで、残りの9時間は普通の登山靴だったのに疲れなかった……、それで不思議だったのです。

保江　なるほどね。もう空間を変えているわけですよ。

はせくら　矢作先生はもはや、歩く宇宙エネルギーです。

保江　実は、空中浮遊して歩行していたのかも。

はせくら　そうかもしれないですね。余談ですが、ドラえもんも、ちょっと浮いているそうですよ。だから、靴を履いていなくても足の裏がキレイなままだとか（笑）。

矢作先生は、他にも山でいろいろと不思議な体験をされていますよね。

矢作　はい。先ほど保江先生がおっしゃったように、滑落しても死ななかったことがありますね。あとは、何かに支えられたことが１回だけあります。

保江　やっぱり。

矢作　２０２２年３月に、やはり北岳山荘から北岳に向けて登っているとき、雪と岩の状態が悪くて動きが取れなくなり、にっちもさっちもいかなくなったのです。

「どうしようかな」と思っていたら、急に何かがお尻をガッと持ち上げてくれて、一歩前に出たらあとは手掛かりが掴めました。
そのときは、確実に持ち上げてもらっていましたね。

はせくら　はっきりとわかったのですね。

矢作　わかりました。だって自分では力を抜いている状態でしたから。

保江　それが空中浮遊であり、**高次元からの空間の圧力**です。

はせくら　その力が必要な状況だったのですね。
どうしようと思った瞬間に、自在なる大宇宙の力がぐっと持ち上げてくれた。

保江　成瀬さんがいうのと同じです。

矢作　すごかったですよ。本当に、驚くくらいの力で下からお尻をグイッて持ち上げてくれて、よっこらしょと一歩前に出られたことで視野がまるで変わって、動けるようになったのです。そうじゃなかったら、かなりまずかったです。

保江　身動きできないままでは、命に関わった。

はせくら　そういう大宇宙の自在力には、どうやったら繋がることができるのでしょうか。

保江　優しくなる。ありのままに、あなたのままに。

はせくら　**「伸びやかに、軽やかに、あなたのままに」**ですね。

聖フランチェスコ様の教えが、お言葉が、その答えなのですね。

◎縄文人は次元を変える能力を持っていた？

矢作　保江先生が見学された緊縛の先生も、縄が究極、1本でいいのであれば、どこに結ぶのでしょうか。

それは、結ぶ側だけの話ではなくて、結ばれる側との兼ね合いもあるのでしょうか。

保江　貫頭衣の場合、縄は1本でもいいですが、裸の場合は縄だけですからね。やはり腰のあたりでしょうか。

はせくら　それが、お洋服の代わりになります。

矢作　昔、貫頭衣を作るのは、実はとても大変だったのです。

はせくら　そのようですね。植物の繊維を取ってから糸を創り、一着の貫頭衣まで仕上げるとすると、一日8時間労働でも、1年半かかるそうです。

保江　そうすると、高貴な方は貫頭衣でしたが、一般人は動物の皮などで体をおおって、1本の縄で縛っていただけだったのではないでしょうか。

はせくら　ただ、その頃も一般人が着る服はありましたし、しかもちゃんと、晴れ用と褻《け》用に分かれていました（＊民俗学や文化人類学において、ハレ〈晴れ、霽れ〉は儀礼や祭、年中行事など、ケ〈褻〉は普段の生活を表す）。

褻のときは麻そのままの色のものでしたが、晴れのときの衣装はそれを染めて、アイヌで見るような文様をつけていました。

白地に赤と黒の文様は、死と再生を表しているともいわれていますが、そうして模様をつけた服に、ヒスイや貝、粘土でできた装身具を身につけて着飾っていました。

ちなみに、そうした装身具―アクセサリーを自由に楽しむようになったのは、戦後のことです。そういう意味では、ネオ縄文が始まっているように思います。

矢作　貫頭衣を今の方法で作ると1年半ですが、当時の方法で計算してみると、実はそんなにかからなかったのですね。想定される工程より、ずっと短くできていたのです。それもやはり、次元や時間軸を変えていたのでしょうか。

はせくら　そうかもしれませんね。

矢作　というのは、とんでもなく貴重なものという感覚ではないのです。普段から着られるようなものでした。

はせくら　子どもたちが模様を描いたりしていたようですし、おそらく高級なものではないのでしょう。土鈴を作って中に玉を入れたものが、今も出てきたりしますね。

矢作　その工程について思い出したいですね。

例えば、土器を作るのに土などをなじませる工程も、あっという間とはいわないまでも割と簡単にできたと思うのです。

はせくら　私は、歌を歌ったり瞑想したりしてから原稿を書き始めると、短い時間で何ページも進んでいることがあるのですが、もしかしたら、意識を変えることで次元転移していたのかもしれません。

保江　なるほど。

はせくら　とはいえ、いつもではなく、いわゆる「**ゾーン**」の領域まで集中しないとそうならないのですが、縄文の人たちはピュアで素直だったでしょうから、ゾーンに入るのが日常的だったかもしれません。

矢作　みんなで力を合わせたり、祭り気分でやっていたから、「ホイ、できた」という感じだったのかもしれないですね。

はせくら　そうじゃないと晴れの日用、褻の日用と分けて、衣服を作るなんて無理でしょうね。しかもとてもオシャレですし。

矢作　それが琉球とかアイヌみたいに、縄文の血が濃い人たちの装束になっていますよね。初めてアイヌの地に行ったとき、「あれ、これは前にどこかで見たな」と思ったのです。
そのときは、まだ過去を思い出すことはあまりなくて、とにかく昔の状況かと思っていたら、縄文から続くものだった。

はせくら　北海道は、長らく縄文的な暮らしが続いていましたものね。それに、アイヌにはイオマンテという儀式もありますよね。大切に飼っていたクマを屠《ほふ》りますが、決して殺めるわけではないという神聖なる祭り。

矢作　神送りですね。

はせくら　クマに宿ったカムイ（神）を、丁寧にもてなし、供物《くもつ》を捧げてお送りすると、カムイが「地上はとてもいいところだな」といって、また、仲間を連れて戻ってきてくれる。
そういう感性をずっと、古代の人は持っていたのでしょうね。故郷の北海道に住んでいたとき、イオマンテを題材にした劇を見たのですが、そのときの表現で、「クマの中に、鳥の中に。人の中に、全ての中にいるカムイ」といった表現があったのですが、当時の私にとって衝撃的な言葉でした。

保江　へえ、面白い。いいですね。

◎世界中で日本語族になりましょう！

はせくら　ではこれから、2024年から2026年にかけての、未来的な予測とはいわないまでも、ナビゲーションとなるような心構えを示していただけたら嬉しいです。

保江　2025年には、日本人だけでなく世界中の人にとって、何か考え直すきっかけになる異変が起きるかもしれない。あるいは来ないにせよ、そろそろウクライナやガザ地区に見られるような人間の愚行をやめていただく必要があります。

それはつまり、非日本人がやっているのです。

はせくら　子音語族のほうですね。

保江　彼らが、自己主張をぶつけ合っているのですから。

はせくら　言語体系上の特質なので、ある意味、仕方がないともいえるのですが。

保江　だから、それを打開するには、世界中の人に、日本語というものを学んでもらうしかないと思うのです。

おそらく、どんなに論を尽くして説得しても、徒労に終わるでしょう。イスラエルの人もガザの人も、ロシアの人もウクライナの人も、何をいわれてもそれぞれの主張を繰り返すだけですから。

もうそれでは埒《らち》が明かないので、

「みんなで日本語を学ぼうよ」といいたい。

世界中の人が日本語を学んだ暁《あかつき》にこそ、佐川先生のおっしゃる大調和の世界が実現する可能性が、最も高くなることでしょう。

みんなで、日本語族になりましょう。

外国人の力士なんて、実に日本語を上手に喋っていますよね。外人タレントにも日本語が上手な人はたくさんいます。

外国人にとっては、日本語はそれほど難しくないのです。だからこそ、日本政府がお金を出して、日本語を教える人を各国にどんどん派遣すべきです。自衛隊の派遣ではなく、日本語普及隊を派遣しましょう。

矢作　孔子学院として、中国共産党政府がそれをうまくやっていますね。

本当は、日本がそうしたことをすればいいのにね。

日本の文化も、もっと各国に輸出すればいいのです。漫画、アニメはもちろん、日本には天才がたくさんいますから。

保江　フランスに輸出されている漫画も、吹き出しの中のセリフは日本語のままです。脇にフランス語訳が載っています。

画像処理が大変だから、吹き出し内を変更することはできないのです。

はせくら　オノマトペが異なるので、訳せないことも多いですね。訳そうとすると、かなりのものが「Boom!」とか、「OMG!（オーマイゴッド）」などになってしまいます。

保江　だから、原語で理解したいと、漫画をもっと楽しむために日本語の勉強をしてくれている人も多いようです。

矢作　在日の日本大好きな外国人には、たくさんのユーチューバーがいます。彼らのチャンネルを見ていると、本当に日本語が上手です。来日半年ぐらいで普通に癖のない日本語を喋るとか。

そういう人たちの発信力はすごいです。単なる発信の枠も超えてきていて、オールドメディアなんか比べ物にならないぐらいの真実が伝わってきます。

例えばロシア人で、コロナの間に帰国して、ウクライナと戦争中にも、モスクワの赤の広場の様子を撮っているユーチューバーがいたのです。

それを見ると、みんなのんびりと日常を楽しんでいます。あの広いロシアでウクライナと戦っている人はごく一部で、一般人の生活には全然関係ない。そういうことが露骨にわかります。

それが1人や2人ではなくて、たくさんのロシア人ユーチューバーがいるのですが、切羽詰まっているような動画なんてまるでないんですよ。

ウクライナとの国境ではドンパチやっているのでしょうが、ミサイルが飛んできたとしても、普通の人はちゃんと生きているでしょう。

これでは、ロシアが負けるわけがないと普通は考えます。

保江　テレビニュースを見ていて、気づいたことがあります。

ガザ地区の爆撃の様子で、子どもを担架に乗せて病院に連れて行くという場面がよく出てきます。そこに、映画の撮影かのごとく監督がいて、演者のような人々が指示待ちでじっとしているように思える場面が流れたのです。

はせくら　本当ですか。

矢作　コロナのときのフェイクニュースと同じですね。

保江　まさにあれと同じく、マスコミによってニュースが作られているのです。

はせくら　それを見抜く力って、やはり、高次元と繋がっているからあるのですね。

保江　ＮＨＫの放送なら間違いないという思い込みで見ているから、普通は、そういう一瞬のところが見えないのでしょう。

はせくら　なるほど。

保江　岡山に日本語がとても上手なイギリス人がいて、どうやって日本語を学んだのかを聞いたら、笑いながら教えてくれました。

なんと、日本の幼稚園に入れてもらったというのです。彼はもう青年なのですが、日本語は学んだことがありませんでした。

そこで、何が一番いいだろうと考えたら、日本人が子どものときに自然に日本語を覚えるように、日本人が最初に学ぶ場所に行けばいいと思ったのだそうです。

それで、園長先生に頼んで入れてもらったところ、園児たちに大人気になりました。

はせくら　それはそうでしょうね。

保江　それで、あっという間に日本語ができるようになった。

だから、外国人を幼稚園が受け入れたらいいのではないですか。日本人の子どもも異文化と交流できるし。

はせくら　なんて素敵なのでしょう。多文化共生。

保江　逆に、英語を教えてもらうこともできる。幼稚園の英語の先生を増やすという建前で、実は外国人が大勢、日本語をペラペラに喋れるようになるのです。

はせくら　そうしたらタタミゼしちゃいますね。

保江　はい、タタミゼ・プロジェクトです。

はせくら　肥大する自我のオレさま文明から、おかげさま文明への転機なのかもしれませんね。

今までさんざん、日本語の主語が消えやすいのは、空間に溶け込みやすいからだとお伝えしましたが、あえて真の主語を探すなら、大自然の理《ことわり》や「天」といってもいいのかもしれません。

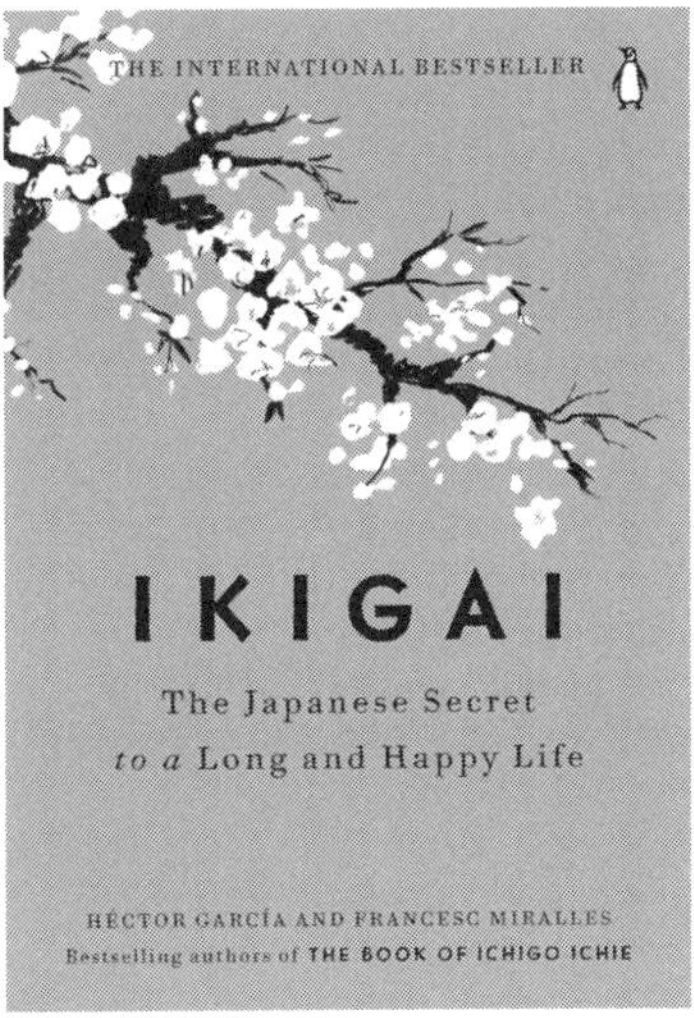

『IKIGAI』 Hutchinson 2017年刊

例えば「すみません」は、まだ天への借りが済んでいないからであると。

ところで、英語に訳しにくい日本語についても調べてみたのですが、

すぐに出てきたのが、「生きがい」です。「IKIGAI」という概念を伝えた本は、ヨーロッパで大人気となりました。

他にも、「もったいない」「いただきます」「おかげさま」など、一言でズバッと表す訳が見つかりにくいものが多くあります。訳しづらい言葉の共通点は、感謝が全ての起点となっているのです。そんな言葉を語ることによって、「自然と成り代わっていく」世界が表れるような気が致します。

仲良しのフランス人に、タタミゼを知っているかを尋ねたら、聞いたことがないという返事でした。でも、こういうことだよと説明すると、

「僕は本当にタタミゼしているよ、おかげさまで」といったのです。

保江　おかげさまの概念を理解しているのですね。

今聞いていてふと思ったのが、人間、空間、時間など、「間」という字が入っているでしょう。人と人との心的な間とか、空間とか時間も、本当は短くしたり長くしたり、細くしたり太くしたりと、変えられるのでしょうね。

◎「伸びやかに、軽やかに、あなたのままに」

はせくら　間は、縄文的な世界観でもあり、サキの世、ノチの世が交差したところが、イマの「マ」と考えられていたようです。

彼らは、そのマを通して、時空を超えていた……伊勢の古い言葉で、「**神代在今**」という言葉があります。かみよいまにあり、と読み下すことができ、意味は、今この瞬間の中に、神代と呼ばれる高天原世界がありますよ、という考え方です。

保江　かみよは、いまにあるわけですね。

はせくら　はい。「マ」は、そこから全てに広がっている世界なのではないでしょうか。なので、時空を超えて、服もそれほど時間をかけずに作ることができた。

進化すべきは、技術の前に心です。精神です。

そこがあってこそ、その次がある。

彼らは今も生きている。森の中に、風の中に、人の中に、全ての中に。間を通して重なり合う……。

保江　そのとおりです。重なり合っている間。

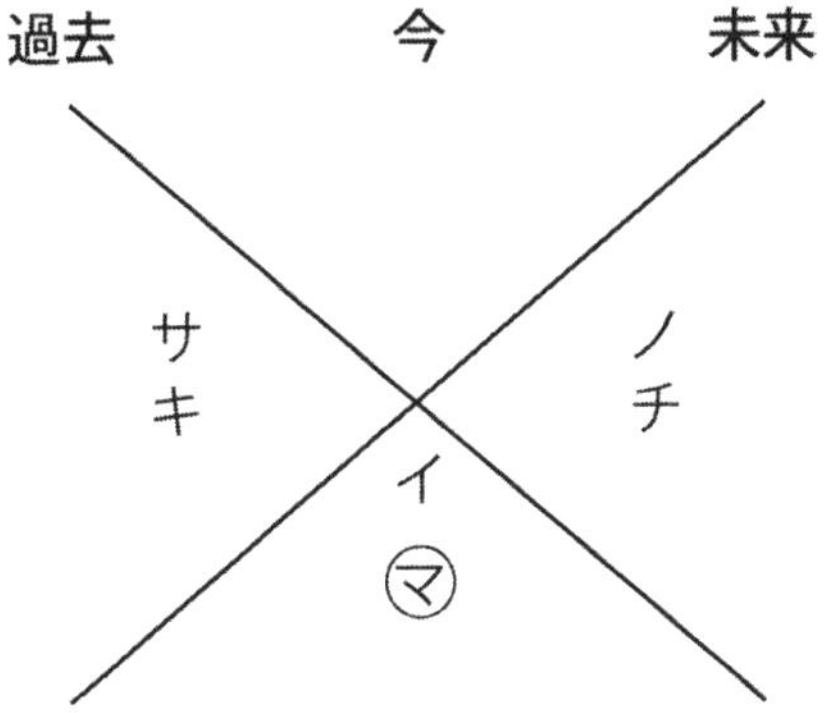

はせくら　日本語は間の美学なので、これも一つヒントになりますよね。これからの世界はいろいろなことがあるとは思いますが、矢作先生のご意見はいかがでしょうか。

矢作　やはり、あるがままに、感謝して中今を生きるということに尽きますね。**強気に、陽気に、元気に。**

はせくら　強気、陽気、元気、素晴らしいですね。最初に強い気をちゃんと持っていないと倒れてしまいますものね。ロボットのお話でもそうでしたね。

矢作　実はその順序が重要です。**強い気、陽気から元の気に繋がる。**日本人は本来、そういうものだったのだと感じます。親の世代を見ていると、本当に悲惨な戦争を果敢に生き延びた人たちなのです。今のウクライナの戦争の比じゃないですからね。

はせくら　具体的には、**強い気**というのはどうやって持ったらいいのでしょう。

矢作　やはり、先祖から伝わっているものを大事にすることではないでしょうか。

私は、昭和天皇の言葉がとても重要だと思っています。

8月9日の御前会議で、陸軍大臣、参謀総長と海軍の軍令部総長が戦争継続を主張し、海軍大臣、外務大臣、枢密院議長はポツダム宣言受諾を主張していました。鈴木貫太郎首相が、「決を取ったら3対3だから、ここは陛下にお預けしましょう」といったとき、昭和天皇は、「私の任務は先祖から受け継いだこの日本を子孫に伝えることである。今日となっては、一人でも多くの日本人に生き残っていてもらって、その人たちが将来再び立ち上がってもらう他に、この日本を子孫に伝える方法はないと思う……」とおっしゃって、戦争は止められたのです。

つまり、先祖があってこそ今の自分がいる、それをまた子孫に伝えるという流れを改めて認識することが、強さになるのではないでしょうか。

自分を個として見ると、死んでもいいかと思ってしまう人もいますけれども、全体から見れば、いや、そうではないのだと。

一億玉砕というのは、借家人の発想なのです。つまり、その後に対する責任がない。でも家主であれば、そんな無責任なことでは困るわけです。

なるべくみんなに生き残ってもらって再興していくというその感覚が、私には実によくわかるのです。

陸軍だけではなく、一般国民が一億総玉砕なんて平気でいっていたときに、昭和天皇は、「では、何のためにあなた方はいるのですか」と問われたかったのです。

はせくら　**天壌無窮《てんじょうむきゅう》の神勅**（＊天照大御神《あまてらすおおみかみ》の子孫である天皇陛下が、日本の国土を統治することを表したもの）のありようそのままですね。
「豊葦原(とよあしはら)の千五百秋(ちいほあき)の瑞穂(みづほ)の國(くに)は、是(これ)、吾（あ）が子孫（うみのこ）の王（きみ）たる可（べ）き地（くに）なり。宜しく爾皇孫（いましすめみま）、就（ゆ）きて治（しら）せ。行矣（さきくませ）、宝祚（あまつひつぎ）の隆（さか）えまさむこと、当（まさ）に天壌（あめつち）と窮（きはま）り無（な）かるべし」に反することをしたらだめです。

（＊口語訳

「豊かで瑞々しいあの国は、わが子孫が君主として治めるべき国土です。わが孫よ、行って治めなさい。さあ、出発しなさい。皇室の繁栄は、天地とともに永遠に続き、窮まることがありません」東京都神社庁ホームページより）

矢作　まさに、**天皇とは天壌無窮の象徴**です。

やはり歴史を見ていると、家長の感覚というのは非常に大事だと思います。個の家では、それはもうなくなっているに等しい。その上、我が国という集合体がなくなったら、人類が終わってしまう。

世界の中で本当の意味で大調和を成せるのは、今のところ日本人しかいないのです。

それなのに、日本という国や日本語を大切に思わない無責任さが、私には全く理解できないんですよね。

保江　大正陛下が床に伏せられたときに、昭和天皇のお母様でいらっしゃる貞明皇后様が、陛下の代わりに判断されることが多くなりました。

そこで、帝国大学法科の憲法学の筧克彦《かけいかつひこ》教授を呼んで、ご進講を受けたのですね。

そのときの内容が、素晴らしいのです。

今生きている日本国民一人ひとりに、お父さん、お母さんがいて、さらにそのおじいさん、おばあさんがいて……、125代遡《さかのぼ》れば、今の日本国民の数をはるかに超える。今の日本国民の全ては、遡れば必ず天皇陛下のお血筋である。

だから、みんな我が子なのだ、というおつもりで陛下はいつも接していらっしゃる。

そう思うと、人間社会は奇跡の連続なのだ。ある人とある人が出会い、子どもができ、その子どもと別の子どもがどこかで出会い、また子どもができる……、そうした奇跡の連続がある。125乗の奇跡の顕現が、全国民である。

こんな奇跡の末に生まれたこと、その先には天皇との繋がりがあるということを、国民各自がきちんと知ることが大事です、と、絵を描いてご進講をなさったのです。

それに貞明皇后様は感銘を受けて、その内容を本にまとめさせて、岩波書店から3色刷りの分厚い本を発行しました。
その内容は当然、昭和陛下もお子様の頃に教えられているはずです。
やはり、この奇跡の流れは維持しなくてはいけないでしょう。

はせくら　その奇跡の一つひとつの結び目の中に、ものすごく祈りが入っているのですね。

保江　**縄目が奇跡の結び目**ですね。

はせくら　そこにどれだけの祈りが入っているか、歩みが入っているか。
そこに思いを馳せれば馳せるほど、結びは強くなります。

保江　なるほど。縁結びの神様といいますしね。結びの大切さがわかります。

はせくら　その結びのもとは、「むすひ（産霊）」です。命が生まれていく。そのむすひを形で表すと、しめ縄の形に結ばれていく。

結ぶということは、ほどくこともできるのです。ずっとがっちりと絞まったままではない。結んだものは解ける。結んで、開いてです。

保江　結んで開いて……、童謡にもなっていますね。

はせくら　この中今の中の無限大、中今の中心で様々なものが作られます。中心多極となった豊かな表れが、世界に多様性をもたらすのですね。それぞれがそれぞれにある世界。けれども皆、繋がっている。

矢作　それはつまり、大調和ですね。

はせくら　そうですね。すると、強い気というのは、こうした祖先の思いや歴史を知りながら、今この瞬間を生きるということでよいでしょうか。

矢作　はい。

はせくら　では、次の**陽気**というのはどういうものでしょうか。

矢作　陽か陰かという対極でいった場合に、当然エネルギーの質が、陽のほうが元気になりやすいという単純な発想ですね。

保江　漢字の陽は、そうした印象ですね。天理教では、陽気ぐらし（＊大自然を司る親神様の恵に感謝し、そのご守護に生かされ生きている喜びを身体いっぱいに感じながら、人間が互いに尊重し合い、救け合って暮らす、慎みある生き方）という生き方を勧めていますが、それはまさに、聖フランチェスコの「伸びやかに、軽やかに、あなたのままに」というのと同じことのように思えます。

つまり、この教えこそが、陽気ではないかと。

はせくら　とてもわかりやすいです。最後の元気はどうでしょう。

矢作　やはり、元の気に繋がるんですよね。
元の気というのは、いってみたら森羅、つまり高次元までも含めた全てです。

はせくら　高次元までも含む森羅万象に繋がるのですね。

保江　元気だから大元、本質、本物でいられる。とにかく、元気がいいのでしょうね。

矢作　具体的な方法としては、**感謝**なんですよね。自分への感謝、自分を通して周り全て、つまり森羅への感謝という意識の持ち方が大事です。

はせくら　自分と森羅について、説明していただけますか。

矢作　つまり、**最初は自分**なのです。神を自分の外に求めるような宗教というのは、自分と神とが別物で対置の関係になっています。
ヤハウェ神を信じているユダヤ教、キリスト教、イスラム教といった一神教の人たちは。

そうではなくて、もともとは**神人一如**《しんじんいちにょ》、一体じゃないですか。それが大事です。

自分の中にワンネスというか神というか、本来の一番の自分がいて、それを外に向けて伸ばしていけば、全てが、まさに「愛おしゅうて愛おしゅうて、可愛うて可愛うて」になるわけです。**中があるから外に行ける。外から中には行けない**のですね。

はせくら　そういうことなのですね。ふと伊勢神道の中にある書物――「造伊勢二所太神宮《ぞういせにしょだいじんぐう》宝基本記《ほうきほんぎ》に書いてある、倭姫《やまとひめ》が受け取った天照大御神の託宣を思い出しました。

「**人はすなわち天が下の神物《しんもつ》なり。すべからく静謐《せいひつ》をつかさどるべし。心はすなわち神明の主たり。心神をいたましむることなかれ**」というものです。

矢作　胸に染みる言霊ですね。

はせくら　そうですよね。唱えるたびに、背筋がピンと伸びます。

もう一つ、心に湧き上がってくるのが、聖フランチェスコが語っているような質感です。それは、上下ではなく優劣でもなく、「伸びやかに、ありのままに、あなたらしくいて、この世界の本質である大調和へと至れよ」という祈りにも似た応援の言霊です。

保江　そのとおりです、まさに。

矢作　本当ですね。

パート6　宇宙人はいかにして人間を作ったのか

◎宇宙人はいかにして人間を作ったのか

はせくら　そもそも私たちの体は、星のかけらからできています。そう考えたら、星の意識が入っていても全然おかしくないですよね。

保江　本当に、そうなのですよ。

はせくら　なぜ人間が作られたかについて、どう思われますか。保江先生がくださった、『エイリアンインタビュー』(Lawrence R. Spencer　Lulu.com)では何ていってましたでしょうかね。

保江　地球とは非常に不安定な星で、他の惑星から見ても本当は、安全に住めるような環境ではない。それで、自分たちでは危険なことに手を染めずして、働かせられるようなものが必要だった、ということでした。

はせくら　原始的労働者のことですね。

保江　そう、原始的労働者が必要で、猿などのＤＮＡを交配して作ったそうです。

はせくら　宇宙レッスンで教わったことは、人間という種は、ホモ・エレクトスとの掛け合わせで創ったといわれました。掛け合わせられたものは何かというと、宇宙存在のエンキ（＊シュメールの淡水神、知恵と呪法の神，創造の神。シュメールの宇宙と社会の諸規則の管理者でもあった）のＤＮＡを、地球のシャーレで混ぜ合わせて、長い期間をかけて最高傑作ができたのだと。

しばらくは原始的な労働者として使っていたけれど、やがてその次元から移行して、文化を持つ人間として育て始めたそうです。ですから、宇宙存在にとって、最初は人間というより、オスとメスという認識だったようです。

保江　従順なオスとメスで、いわれたとおりに働いていたと。

はせくら　そのようです。しかし、宇宙の流れの中で、やはり主体性、自我を持たせたときにどんなものができるかという試みが行われ、その結果、原始的な労働者としての人類からある程度の知性を持たせた文化的な存在へと、第2フェーズの冒険に入ったとのことです。

保江　いわゆる知恵のりんごを食べた、そのときですね。

はせくら　そうです。食べさせたのは……。

保江　悪魔。

はせくら　いいえ、蛇でした。エンキが差し出したともいわれています。ところで、しめ縄は蛇の構造と同一ですから、「蛇」といわれている意識には、多層な意味が含まれていると思っています。

もちろん、善悪の意味もありますが、同時に天地創造を表し、世界創造が全にして一を表す「ウロボロス」を示唆することもあるようです。

ウロボロス

保江　蛇が自分の尾を噛んで、円形になっているものですね。グノーシス派などに出てくる図。

はせくら　はい、そうです。でも、この蛇という言葉の中には、宇宙と天地を繋ぐ柱的なものという意味も含まれており、その蛇を祀る信仰が日本に入ってきて、蛇女神となって、縄文の土偶にも表れていきました。そしてこれが、緊縛へと繋がっていくようです。

このように、知恵の実を食べたとされるアダムとイブに代表される人類ですが、最初はアダムとイブではなく、アダマというオスのみでした。

保江　アダマですか。

はせくら　これは「粘土」という意味で、エンキのDNAとホモ・エレクトスのメスを地球のシャーレで混ぜ合わせ、育て、ある程度育ったものを、エンキの兄妹神であるニンマのお腹に入れて、産んだようです。

キメラ生物のお話に戻すと、最終的に生体ができたとしても、そこに生命が入らなければ、生き続けることはできません。

保江　いやあ、面白い。人間の創作は簡単だったんでしょうか。

はせくら　いいえ、とても苦労したようです。途中でいろいろと失敗作……というか、不思議な生物を創ってしまったと聞きました。キメラ生物と呼ぶようです。

キメラの銅像（はせくら氏撮影）

先日、フィレンツェにある考古学博物館に行ってきたのですが、キメラ（＊ライオンの頭、蛇の尾、ヤギの胴を持ち、口から火を吐くというギリシャ神話の怪獣）の銅像を見てきました。可愛かったですよ。

なぜそこに行ったのかというと、ミイラが置いてあると書いてあったからです。

矢作　それは、どこで見つかったミイラなんですか。

はせくら　エジプトからのものです。かつてイタリアの探検隊は、多くのミイラを発見したそうです。

ただ、キメラ系の生物は、最終的に生体ができたとしても、そこに生命が入らなければ生きられません。つまり、それを作ったクリエイターが許可しなかったわけです。だから、生まれたとしても、魂が入っていない状態です。

このように、途中で何度も失敗しつつ、最終的に人間と呼ばれている素晴らしい存在ができたことをとても喜んだようです。

彼らは、元はプレアデスから出たニビルという星に住むアヌンナキと呼ばれた人々です。

その一族の一部が地球に飛来したのですが、彼らの当初の目的は、ニビルの大気を安定させるべく、金の元素を必要としたのだそうです。

保江　それで、地球に金を採りにきたのですね。

はせくら　はい。そうしてアフリカの地溝帯に金が多くあることがわかり、最初はアヌンナキたちを送り込みましたが、仕事が大変すぎて暴動が起こり、それで人間ができたという経緯だったようです。

保江　確かに、そうなのですよね。

はせくら　このストーリーもさることながら、他にも大切なことがあります。

今、地球にボディを持っている、地球人と呼ばれている我々は、宇宙も含む大いなる存在から許可されて、命を吹き込まれた尊い存在であるということです。

この認識から始まると、意識が広がります。ここをわからずしてストーリーだけ追うと、どんどん本質から離れてしまいます。

だから私たちは、いつでもこの宇宙と繋がっている尊き存在なのです。角田忠信先生が聴覚の研究をしたら、宇宙と同調する周波数が出てきたというのはそういうことです。

自転公転のみならず、宇宙の運行そのもので、銀河とも同期している。

そもそもどんな星の人であろうとも、銀河系のDNAを持っている、というか、銀河系人類のそれぞれの星の担当なのです。

ここまで境を広げると、明治維新で藩から国へと広がったように、自分というものの境界が広がって、意識が解放されるような気がします。

矢作　それは、本当の本質だと思います。

つまり、宇宙と繋がった素晴らしい存在なんだといいたいですね。

はせくら　そこがポイントですよね。

矢作　その感覚があれば、感謝の気持ちが大きくなる。自分にも感謝する。自分の体であって、自分の体ではないわけですからね。

◎中今を生きること＝宇宙と共に生きるということ

はせくら　先述した、Thank you. とありがとうのもともとの意味合いは、全然違いましたよね。有り難しの、ありえない奇跡が連続している中の我だと、結果として感謝にならざるを得ない。

矢作　その感謝というのが実は、一番強い表現じゃないですか。
だから、そのたった一言、「ありがとう」のメッセージ性が重要だと私は思うんです。

はせくら　ここに、意識の度合いを数値化した表があります。よく見てみると面白いですよね。２０１８年に刊行された『パワーか、フォースか』というアメリカの精神科医であるディビッド・R・ホーキンズ博士が書かれた本の中からの抜粋です。

意識のマップ

神の視点	人生の視点	レベル	ログ	感情	プロセス
Self（大なる自己）	if（存在そのもの）	**悟り**	700-1000	表現不可能	純粋な意識
存在する全て	完全	**平和**	600	至福	啓蒙
ワンネス	完成	**喜び**	540	静穏	（神）変身
愛のある	恩恵	**愛**	500	崇敬	啓示
英知	有意義	**理性**	400	理解	抽象
慈悲深い	調和	**受容**	350	許し	超越
奮い立たせる	希望	**意欲**	310	楽天的	意図
権能を与える	満足	**中立**	250	信頼	開放
許認	実行可能	**勇気**	200	肯定	強化
無関心	要求	**プライド**	175	嘲笑	慢心
執念深い	敵対	**怒り**	150	憎しみ	攻撃
否定	失望	**欲望**	125	切望	奴隷化
刑罰	怯える	**恐怖**	100	不安	内気
軽蔑	悲劇	**深い悲しみ**	75	後悔	落胆
非難	絶望	**無気力**	50	絶望	放棄
復讐心	悪	**罪悪感**	30	非難	破壊
嫌悪	悲惨	**恥**	20	屈辱	排除

『パワーか、フォースか 改訂版 ― 人間の行動様式の隠された決定要因』ディヴィッド・R・ホーキンズ（著）エハン・デラヴィ、愛知ソニア（翻訳）ナチュラルスピリット

矢作　恥が一番低いというのは、ちょっと意外でしたね。

はせくら　そうですね。おそらくこの表を作成することになった著者のディビッド・R・ホーキンズ博士が、アメリカの方なので、日本人が生まれ育った環境や概念と異なる文化的背景があるからではないかと思います。

矢作　そういうことですか。愛が一番上に来ていないということは、やはり捉え方が違っているのかもしれません。愛って、いわゆる自我とかを超えていますから。

保江先生と宇宙船を見たときには、まさにそんな感覚でした。

だって、宇宙から見たら我々なんて虫けら以下なのに、遊んでくれているわけです。

はせくら　虫けら以下（笑）。

矢作　それが愛なのだと、そのときに思いました。

はせくら　そうですね。「感情」についてはどう思われますか？

矢作　それは間違いないですね。

はせくら　この表を見て面白いなと思ったのは、一つの目安として、自分が今いる意識の次元を可視化して認識することで、変容の契機を掴めそうだなということです。

宇宙存在の話に戻ると、プロジェクトの最初としては、原始的で文句をいわない労働者を作ろうと思った。でも、苦労の後にやっとできたその存在は、宇宙存在から見て可愛くて、愛しくて仕方がなくなってしまったのです。だから、自由と知恵を与えたくなったのだと。

保江　なるほど。

はせくら　彼らは時間軸が違うので、次元を変えて今もいます。幼子だった人間も、いよいよ宇宙の本質である愛に気づいて生きる時代になってきました。

霊《ひ》の力、愛の力に目覚めて生き始めたときに、やっと彼らも肩の荷が下りるようになります。幼子が無茶をしないように人間を管理もしてきたけれど、時を経て、その幼子が、宇宙の本源本質に気づいたときに、創り手側もまた自由になって、次の段階へと行けるようになるのです。なので、今回起こっていることは、「共に」なのだといわれました。

保江　なるほど、共にですか。そして、彼らも自由になる。

はせくら　そうです。蒔いた種は刈り取らないといけないので。

共にあり、共に栄える。その世界の入り口に立っていますから、目覚めた後は、共に生きるんだよと、今後、いろいろなものが開示されていくようですよ。

もっとも、日本人そのものは、今のストーリーのはるか前に、南極に文明があった頃に、高次の宇宙存在たちが関わりながら、プロトタイプとして創ったＤＮＡの痕跡を強く残している人たちらしいですが……。まあ、その後、アトランティスやムーなど、様々な歴史を経て、今の文明の状態を築いているようです。

ここに至るまで、どれだけの存在たちや、ガイアの想い……愛や祈りや願いがあったゆえの現生人類なのかということを知ると、また見方が変わると思います。
一人ひとりが自立した、開かれた心をもって一歩歩み始めると、宇宙は十歩、百歩と、歩み寄ってきて応援してくれます。その歩みを信頼して、進んでいってよいのだと思います。

保江　まさにそうですね。

矢作　強気に、陽気に、元気に、中今を生き切ると。単純なことですね。

はせくら　大切なことを、楽しくね。

保江　中今を生きるのが、共に生きるということにもなるでしょう。

はせくら　どこにでも行けるフリーゾーンですから。全方向、全時空ＯＫです。

保江　そのとおりです。

◎「愛おしゅうて、可愛うて」の気持ちこそが宇宙の調和

はせくら　エデンの園で、アダムとイブが食べたのは知恵の実でしたが、日本人と呼ばれる種族が大切にしたのは、実は実ではなく葉の方でした。これが、「言の葉」となりました。

ちなみに、言霊学では、「気」の世界を表すア行は「生命の木（気）」として、「身」の世界を表すワ行は「知恵の実（身）」として、五十音という田を営みながら「営田（エデン⁉）」をしていると考えます。

少し無理やり感もありますが（笑）、気という精神の世界から実（身）という物質の世界へと至る道を、丁寧に積み上げることで、大きな虹がかかる気がします。

保江　日本語という虹ですね。

はせくら　そうですね。ただ、言霊の世界は心してかからないと、怖い世界でもあるのです。知識偏重になったり、我こそは……となると、途端にずれてしまいます。

矢作　エゴがね。

保江　そう、結局、そこに落ち込みますね。やはり、軽やかに行かないとね。

はせくら　今回、なぜか強烈に「日本語」推しになってしまい、お恥ずかしい……。
もっとも、日本語が大事だといっても、だからといって、何か特定の良き言葉を繰り返し唱えましょうといいたいわけでもないのです。

矢作　普通は、そっちに行きがちですね。

はせくら　いわゆる「いい言葉」だけいいましょうということではなく、たとえ「バカヤロー」であったとしても、そこに愛を載せていればいいのです。
「愛おしゅうて、可愛うて」に繋がる感覚かもしれません。

保江　そうです、結局、そこに戻ります。

はせくら　自分でいいながら、少し驚いています。

保江　本当にそうですよ。歳をとったおばあちゃんが縁側で日向ぼっこをして、近所の子どもが遊ぶのをただただぼーっと見ている。その思いは、

「愛おしゅうて愛おしゅうて、可愛うて可愛うて」。

そういうおばあちゃんがいれば、もうその子たちは安全に守られて、自由にありのままに、宇宙の調和の中で生きていられる。

矢作　良寛さんみたいですね。

保江　だから、**人はデーンとしていれば、もう大丈夫**なのです。大丈夫というのは、大きな丈夫と書くでしょう。丈夫に偉いを付ければ偉丈夫。体が立派で、強い人のことです。

大丈夫というのは、そういう人が後ろについているよという意味で、あぶなげがなく安心できる、強くてしっかりしている状態です。

だから、みんなが大丈夫になるというよりは、一人ひとりがすでに大丈夫なのだと認識してくれるだけでいい。

はせくら　いてくれるだけでいいのですよね。

閉塞的なキリスト教会に新しい風を吹き入れてしまった聖フランチェスコは、当初、乞食や気がふれたヤツと呼ばれた人でしたが、そんなたった一人の歩みが、奇跡を起こしていきました。キリストやお釈迦様もそうですし、有名無名の多くの方が、その歩みを担っていたのだと思います。

その後の状況が変わるってすごいことです。一人の想いや行動が、世界を変えていく……、それを物理用語では何というのでしたっけ？

保江　**初期値依存性**ですね。

はせくら　素敵な言葉ですね。今回、ちょいちょい聖フランチェスコが登場して面白かったのですが、その方のエネルギーを想うと、なぜかシスター渡辺のエネルギーを感じるのです。

保江　やっぱり。いつも以上に、愛に包まれている感覚があります。

今朝、聖フランチェスコ様については、秘書からメールが来ていて、そこに「伸びやかに、軽やかに、あなたのままに」と書いてあったので思い出したのです。

はせくら　あらまぁ。

保江　はせくらさんと僕の出版記念講演会にも、シスター渡辺和子がはせくらさんにオーバーシャドーされて、僕はとても小さくなってしまったのです。

はせくら　保江先生が肩をすぼめて頭を下げてご登壇されたので、どうしたのかなと思い、びっくりしました。

保江　僕が、生前のシスター渡辺の前で小さくなっていたことは、矢作先生が一番よく知っています。何回も一緒に会っていただいたから。

それで、あのとき降りてくださったおかげで、結果的にいろんなことがわかりました。35年の間、名誉母親のシスター渡辺が僕に対して、愛というものの本質を理解しろと、行動と後ろ姿でお示しになっていたのに、全然わかっていませんでした。

でも、このアホな放蕩息子が、木村秋則さんとか素潜りのジャック・マイヨールの映画のおかげで、やっと理解しました。Let it be.、ありのままに生きるということが一番だったのだということを。

そして、シスター渡辺が喜んでいらっしゃいますと、教えてくださったのですよね。

それが僕にとってあまりに大きかったので、つらつらとそのときのことを書き残しました。

それがいつになく筆が進んで、とてもスピーディに出版することができたのです（『Let it be. シスターの愛言葉』明窓出版）

はせくら　素晴らしいですね。

矢作　保江先生に、魂の構造の図をお見せしたことがありましたよね。

人が何人か並んでいて、その上の次元にいろんな魂があるという図でした。

しかし今ではもう、上の次元の魂に繋がっているなどと、区別する必要がないと感じているのです。

例えば、聖フランチェスコの意識、魂が投射されている、あるいは繋がっているのですが、いろんな人に繋がっている可能性があるのです。

それの一つの例が、アトランティス覚醒です。アトランティスは1日で沈みましたが、そのときアトランティスを沈めた科学者の集団の中に、ある一人の科学者の記憶を全く同じように持っていた人がいたと聞いたことがあるのです。

はせくら　複数人いるのですよね。

矢作　はい。ですから、お互いに混じり合うといえます。

例えば、「私は、○○の生まれ変わりです」というのは正確ではなくて、**○○の意識も一部投射されている、**というのが妥当だと思うのです。

とはいえ、全部が入っているということではなく、必要なところだけあると、そんなように今は感じています。

保江　それは、腑に落ちます。

はせくら　よく、「ツインレイのことを話してください」といわれるのですが、あんまりわからないんです。それはどういうことだと思われますか。

矢作　ツインレイというい方も正確ではなくて、要は親和性のあるエネルギーとしての意識をお互いに持っているということでしょう。二つが一つになるとか、一つが二つになったとか、そういうことではないと感じます。

はせくら　なるほど、そうなのですね。好きな人ができたときに、「私たちはツインレイなので」といわれることも多いのですが、この概念が今一つ理解できていなかったのです。

矢作　ツインということは、二人ということを強調しているわけですものね。

保江　自分たち二人だけ、要するに自分の都合でありエゴです。

矢作　ただ、「愛おしい」という感覚は、おそらく普遍的なものだろうと思います。

はせくら　似たような表現で「せつない」もありますよね。この表現は、英語にはなかなか訳せないらしいのですが、愛おしいが極まったときの深い情感を感じます。

やはり日本語の持つ、意識の世界地図は繊細ですね。

保江　そうです。日本語でないとできません。

外国人でも、日本語を学んでいるうちに、そういう情感までわかるようになるのでしょうか。

矢作　たぶん、わかる人とわからない人がいると思います。おそらく、かつて日本人を経験した人には、なんとなく残っているものがあるのではないでしょうか。

はせくら　大元にアクセスしたら、できるのかもしれません。

矢作　あっという間に日本語が上達する人と、そうでない人がいますよね。それは、語学の能力というよりは、魂の経歴の問題だと思っています。

例えば、外国人タレントでも、いつまでたっても日本語がカタコトのような人がいます。それに、大事なことは母国ですることかね。

そういう人は、かつて日本にいたことがないのだと思うのです。

逆に、日本語の上達がすごいなと今思うのは、海外から日本に憧れて移住して、帰化しようとしている人たちです。

彼らは、皆、短い間に日本語がとてもうまくなっています。あれはたぶん、魂が里帰りしているのでしょう。

◎日本は霊性文明の幕開けを担う国

はせくら　そうですね。ところで、「国家ブランド指数」はご存知ですか。「文化」「国民性」「観光」「輸出」「ガバナンス」「移住・投資」という六つの指標における魅力度を指数化し、国家間でランク付けしたものなのですが、その栄えある一位とは？

「国家ブランド指数2023」トップ10ランキング

2022年順位	2023年順位	国
2	1	日本
1	2	ドイツ
3	3	カナダ
6	4	英国
4	5	イタリア
8	6	米国
7	7	スイス
5	8	フランス
10	9	オーストラリア
9	10	スウェーデン

「国家ブランド指数2023」
イプソス株式会社

保江　あっ、日本だ、すごい。アメリカ、カナダ、ヨーロッパ各国を抜いていますね。

矢作　これは素晴らしいですね。
この指数は結局、平和度にも繋がると思います。

保江　これをもっと、日本人に知らしめるべきですね。

はせくら　ほとんど知られていませんよね。けれども政府は、こういう観点に立ったプロジェクトも、進めてはいるんですよね。

保江　お役人の中にも、ちゃんとした人がいるわけですね。

はせくら　そうですよね。知り合いの政府関係者の方は、「最終的な日本の使命がわかりました。それは霊性文明です。日本は、霊性文明の幕開けを担う国です」と明言されていました。

保江　まさにね。

矢作　まさにそのとおり。

はせくら　そういえば、先の角田博士の最後の書籍に面白い記述がありました。それは、人間の脳の中には、宇宙の回転や自然界の質量と同期しているピッチがあり、それは疑いのない事実であると書いてあったのです。

そして、全国各地を調査し始めたところ、磁場が乱れているところは脳波も同様に乱れている。つまり、場所と脳が繋がっているということがわかったそうなのですが、ただ、神社の境内に行くと乱れが収まるそうです。とはいえ、その理由は不明だとも。わからないと。

矢作　神の依り代だからですね。

はせくら　角田博士は、晩年、多くの神社を巡ったようなのです。控えめな文章ではありながら、おそらく、世界には人智を超えた大いなる領域があると思われていたんじゃないかなということが、文章の合間から感じ取れました。

保江　なるほどね。

はせくら　角田博士の最初の本には、日本人の脳と西欧人の脳という区分けだったのですが、後に、母音をどちらの脳で聞き取るかという違いなので、人種は一切関係ないことを強調されていました。

矢作　そこは重要ですね。

はせくら　実際に気づくきっかけになったのは、角田先生が出席したキューバの学会でのガーデンパーティーです。蝉しぐれのような音がうるさかったらしいのですが、周囲の人は誰も聞こえないという。

矢作　気にならないわけですよね、認識の範囲に入らないから。

はせくら　うるさくないかと聞いても、「しんとしているけど」といわれ、そこから研究を始めました。同行してくれていたのはキューバ人の若い女性と男性で、男性は3日目に、「先生がいっている虫の声が聞こえた」といってくれましたが、女性には最後まで聞こえませんでした。

それで、虫の音は意図的に聞こうと思ったら聞こえるけれど、無意識領域で聞き取れるかとなると、前回もお伝えしましたが、約9歳までに聴いた言語の性質による、というようなまとめ方をされていました。

矢作　そう。だから、小学校低学年で英語を教えることは、実は要注意なんですよね。

保江　まずは、日本語をきちんと覚えなくてはいけない時期に、マイナスになってしまうということですね。

はせくら　ある研究では、12歳以降の外国語の習得が良いとも書かれていました。その前に学んでしまうと、脳の発育がかく乱され、阻害されてしまうので、結局どっちも中途半端になってしまうのだと。

保江　本当は、小学校における英語教育は廃止したほうがいいということですね。

◎天皇とは大調和のために残されたシステムだった！

はせくら　神道の考え方の中に、「みなか（中心）を立て、分（わけ）を明らかにして結ぶ」という言葉があります。

中心から拡がり、そこから分かれ出でた分体として進むことで、「結び」が起きて様々なものが生まれゆき、生成発展していくという意味合いになります。この「わけを明らかにする」というところが大切だなぁと感じています。

例のレヴィ・ストロースのお話に戻りますが、日本を訪れ、感激したのがお寿司でした。いろんな味のにぎり寿司が綺麗に並んでいると。色の配置もごっちゃにしないで分かれている。

日本庭園も、それぞれの植生などがコンパクトに塊になりながらも、綺麗に分けられている。手が込んでいる。

この考え方が、**感性のディビジョニズム**（＊あらゆるものが混ざり合わないように整頓して配置すること）だと書いていました。

それを読んで、「お寿司を見てそんな風に思うんだ」と感心しました。

やはり、きちんと境界線を作る、分けるときは分ける、ということは大事なのですね。

矢作　そうですね、大調和のために「見なか（中心）を立て、分（わけ）を明らかにして結ぶ」というのは、みなかから立って、分ける、ということですからね。

自分に思い浮かぶ光景や感覚は、あくまでも自分が無意識に選び進んだ一つの世界にすぎないと思っており、それを前提に一つの意識の世界としてお話しさせていただいています。

さて、幣立神宮で、みなかを立てたときのことが目に浮かびました。

三種の神器が目の前に出てきました。皿が三つ物質化して正三角形の位置に現れて、その上に、頂点に鏡、左に剣、右に一対の勾玉が来ました。

あのとき、みこと（神武天皇）は15歳でした。だから、古事記に書かれていることとは違いますが。

はせくら　そうなのですね。「みこと」様は確か天から授かった首飾りを付けていたと思いますが、どなたから渡されたのでしょうね？

矢作　渡してくださったのは、たぶん伊邪那岐命の指示で、天照大御神だったと思います。

はせくら　ご先祖様の母神様になりますものね。

矢作　表には出てきませんが、実は伊邪那岐命って指導役として大きな力を持って、実際に働いていらしたと感じました。

はせくら　天津神の命を受けて国生みをされた伊邪那岐命が、自らの首にかけていた首飾りを天照大御神に授けられたものですものね。

矢作　受け入れさせられたともいいますね。

はせくら　そうですね。天地初発から始まり、天の中心である天御中主神が生まれ、そこから陽神である高御産巣日神《たかみむすびのかみ》、陰神である神産巣日神《かみむすびのかみ》の造化三神《ぞうかさんしん》を経て、五神となり、神代七代を経て、十六神目の伊邪那岐命、十七神目の伊邪那美命となり、三十二神の国生みが完成。

その後、火の神である火之迦具土神《ひのかぐつちのかみ》以降、さらに多くの神々が生まれ、九十八番目に天照大御神、九十九番目に月読神《つくよみのかみ》、百番目に須佐之男神《すさのおのかみ》となっています。

天地―大宇宙を始原に、まさしく「みなか」の神が生まれ、そこから実に整然と秩序をもって、大自然の摂理―神々が登場し、その最先端に、私たち一人ひとりが、命名を受けて、ここにいるのですものね。

矢作　命を粗末にはできませんよね。

はせくら　そうですね。では「みこと」様の意識は、どのように立て分けながら進まれたのですか。

矢作　具体的に何をしたかというと、要は大調和を伝えるために、幣立神宮から出発して、話をしに行きました。その頃も大調和といういい方をしていたかは不明ですが。

今でも残っていますが、幣立神宮には南北に参道があって、北側にお社があり、東側に行くと神武天皇が出立したところがあります。

そこに立って北側真正面を見ると、阿蘇山が見えます。阿蘇山を目指しながら、山の東側を下り、一つひとつの家を回って、大調和の話をした光景が思い浮かびます。

それを、本当に気の遠くなるような長い年月、続けたように思います。その後に、今の宇佐で一応他界しています。

その途中で2代目の息子、後に綏靖《すいぜい》天皇といわれる人が、今の福山のあたりまで行っていたように思います。

人々と話をして、いわゆる大調和の気持ちを伝えました。3代目の安寧《あんねい》天皇と後にいわれた人が、今の兵庫県の三田《さんだ》のあたりまで行きました。4代目の懿徳《いとく》天皇と後にいわれた人は、橿原《かしはら》に入りました。

このように、大変な時間がかかりました。歯向かう人を成敗したなんていう逸話も伝えられていますが、そんなことをする意味はありません。力ではなくて、一人ひとりの自由意志で納得してもらえるかどうかという話です。だから、陸路を進んで人々と対話しました。

この出発点ともいえるところは、天皇という仕組みがなぜできたかや、その意義を理解するときに、重要だと思います。
それが、古事記や日本書紀では全くわからないどころか、違っていますね。あれは、後で作られたものですし。

はせくら　そうなのですね。

保江　でも確かに、武力ではなくそうやって話をして納得してもらうというのは、実に大事なことです。

矢作　最初の頃は、大きな争いはなかったのですが、争い事が起きてくるのは、天皇の代でいうと、11代目の垂仁天皇の時代の頃からでしょうかね。
神武天皇の頃というと、その300年ぐらい前から世界中から人を入れていて、やがて世間ではもめごとが少しずつ生じるようになっていきました。
それだと、やがて日本の存在意義がなくなってしまうので、要《かなめ》としての天皇を作ろうと神々が考えて、**天皇という仕組みをつくられたのですね**。

つまりそれは、**大調和のために残された**仕組みです。

保江　そうですね。

矢作　「神武天皇とはどのような人だったのか」と、ここ数年強く思っていて、特に幣立神宮に2度目に行ったときに、当時の状況が目に浮かびました。

結局、幣立には3度行きましたが、そうだ、ここに立ってこんなことをしたんだとか。

保江　とてもありがたいお話ですよ。だって、神武天皇が戦って統制したのでは、大調和じゃないですから。

矢作　そうですね。

そんなことが以前はよくわからなくて、なぜこの気持ちが強く出てくるのだろうと、不思議だったのです。

保江　これから、それをみんなに知らしめましょう。

矢作　そうですね。今お話しした、天皇ができてしばらくの間のことは、一般に知られていることとは違いますね。

はせくら　全然違います。

矢作　私としては、史実を知ってほしいというよりは、心意気が伝われば十分だと思います。天皇は、大調和のために立て行けといわれてできたものだ、というところを。

これは今の歴史と違うので、古事記、日本書紀がある中で心意気を伝えるには、やはりフィクションとして出すのがいいのかなと思います。

具体的には、第10代天皇、崇神《すじん》天皇までのところを書き換えて、それをフィクションという形にすればいいのかなと。

保江　アニメでもいいかもしれません。

矢作　まあ、脚本が書ければいいのかもしれませんね。

それは、なかなか面白いと思いますよ。だって最初の頃は、まだ完全に人間ではない天皇がいた。気を許したら、パッと元の姿に戻っちゃうんですから。

保江　確か、しっぽがあったんですよね。

矢作　そんなものが人間を知ろうとして、今では考えられない長い長い年月をかけて、本当に一人ひとりを訪ねて話していったわけです。その忍耐もすごかったし、人々との掛け合いもなかなか面白いものでした。

◎地球に住まう全人類の要である日本人

保江　人間の世界でも、貴重な存在なんですよ、日本語は。

日本人がもし滅びれば、人類は存在し得ない。
なぜかというと、全体の精神性がガクンと落ちて、地球についていけなくなるからです。

はせくら　やはり、日本人は鍵の役割ですよね。

矢作　高次の意識は、人間を作ろうと思えば作れるわけですね。まさにマリア様の処女懐胎もそうでしょう。人間ができるときも、それを応用していたようなものですし。

はせくら　高次元存在になると、性差も曖昧になり、強く意識するだけで、子どもも生まれるようになりますものね。

保江　神武さんも、５００年もの間、人から人へと説得して歩かれた。
大変な労力でしたね。

矢作　日本人の精神性が守られたのですから、その労力はなくてはならなかった、尊いものだと思います。はせくらさんのご苦労も、きっとそれに繋がっているのでしょう。

これから、世界は大調和を成さなくてはなりませんから。苦労や労力ではなく、今回のベースに流れていた聖フランチェスコのお言葉、「伸びやかに、軽やかに、あなたのままに」がテーマですね。

保江　はい。そのとおりです。日本語の重要性も、今回十二分に理解できましたし、読者の皆様にもシェアできたのではないでしょうか。

はせくら　両先生とのお話は、いつも新しい発見や、気づきが多く、本当に勉強になります。いつもありがとうございます。

保江　また、ぜひやりましょう！　ありがとうございました。

矢作　本当にありがとうございました。

おわりに

矢作直樹

言霊の威力を実感している身として、日本語の持つ力の源泉を極められたら、と前々から思っていました。

ただ、私自身の能力では、神代文字による伝承も含めて、文献的な考察からだけでは到底本質に届かないことを痛感していました。とても重要で大切とはわかっていても、自分ではどうしようもない、と立ち往生していたのです。

そのようなときに、日本語への深い造詣をお持ちのはせくらみゆきさんから鼎談のお誘いを受けたのは、私にとって、まさに僥倖《ぎょうこう》でした。日本語を突き詰めるとなると、どうしても高次元とのやり取りが絡んでくるので、人に客観性を持ってお伝えするには量子論的な裏打ちがぜひとも必要になってくると思っていたところ、この領域のエキスパートである保江邦夫先生のお出ましをいただけるということで、大いに勇気づけられました。

実際に鼎談が進む中で、母音語族である日本語人の特色を、言語学や音声学だけでなく、脳科学的にも言及しています。日本語は左脳で聞くことから、自他の分離を意識する右脳を介しないので求心的、あるいは同化的な空間認識や意識になること……、それが、日本の自他同然、話せばわかるというような文化を培ってきたことにまで及んでいます。

さらに、その空間認識や意識により、優れた数学者や理論物理学者を生み出してきたことも。

私たちの先祖である縄文人は、個々人が高次元とつながることで、直観として自分の役割を知り、互いに協力し合って有機的に機能する社会（このような状態を大調和といった）を作っていたことが伺えます。

その縄文の文化も、はせくらさんと保江先生のおかげで日本語から意味を紐解かれていきます。縄文人の柱信仰が、「は」は強い広がり、「し」は示してゆくこと、「ら」は場、をそれぞれ現していること、その柱が収まると「はら」になり、この原の高次元にあるのが「高天原」を現していることが示されています。

また、日本語人が左脳で、様々な方向に飛ぶ揺らぎのある自然界の音と日本語を、聴覚を使い母音のある音として捉えてきたことが示されています。
これは、そのような揺らぎが見えない子音言語との違いを、明確にしています。

究極、日本語を話すことで人種を問わず、人は肥大する自我の「オレさま文明」から「おかげさま文明」への転機を迎えることができるかもしれないという、希望があるのではないかと思います。
先祖が培ってきた我が日本の国柄が、日本語と不可分であることをあらためて噛み締め、ありがたく思うしだいです。この日本語の意義を理解して、これからも心して使っていきたいものです。

いざこうして鼎談を終えてみて、読者の皆様には、この大変容の真っ只中で、目の前の変化に目を奪われたり、心をかき乱されたりすることなく、すばらしい日本語を話す日本語人として、感謝して今を生きていくことで十分であることをご理解いただき、安心していただけたらと、心より願っています。

おわりに

保江邦夫

いやー、これはもう笑って認めるしかない。理論物理学者で理学博士の僕は、自分が直感だけで突っ走る変わり者だと重々承知している。なので、そんな僕の弱点というか、高尚な論理思考が苦手という短所を補うためには、頭脳明晰ですべてを見通す知恵者に援護を依頼するのが常だ。

このたび、前著『愛と歓喜の数式「量子モナド理論」は完全調和への道』（明窓出版）をご一緒に書き上げてくださった「スーパー主婦（！）」のはせくらみゆきさんから再びお声をかけていただいたが、何やら「日本語」の特殊性と最重要性についての大きな気づきがあったので胸を貸して欲しいとのことだった。

ウームッ！　はせくらさんのただならぬ気迫を感じた僕は、とても自分一人で受け止められるような内容ではないと悟り、シリウスの宇宙司令官だった前世から絶大な信頼を寄せ続けている副官に援護を依頼した。
医師であり、医学博士の矢作直樹、その人だ。以前にも彼の援護射撃を得て、はせくらさんの執拗な質問攻撃を何とかかわすことができたときの戦果は、『歓びの今を生きる 医学、物理学、霊学から観た 魂の来しかた行くすえ』（明窓出版）に詳しいが、副官・矢作直樹の存在がどれほど司令官・保江邦夫を助けてくれただろうか。

そして、今回もまた司令官の期待を裏切らなかった副官の援護のおかげで、宇宙開闢時、「まず始めに言葉ありき」とされた「言葉」とはまさに「日本語」だったと信じるに足る、素晴らしい知的攻略の目覚ましい波状攻撃を真っ正面に受けてなお、こうして最前線に立つことができている自分がいた。
その一部始終は、本文に記録されているとおり！

はせくらみゆきという、前世ではシリウス連星系の女帝だったどこまでも高貴な精神の輝きに照らされながら、副官と共に最前線に立つ司令官の姿を、読者の皆さんにも是非見ていただきたい……、そう願った僕に、今生での数年前の記憶が蘇ってくる。

左　矢作直樹氏　右　保江邦夫氏

そう、琵琶湖西岸に立って比叡山を望む矢作直樹と僕の表情に、はせくらみゆきの神々しい知性の輝きを表しているが如き夕日に対する畏敬の念と、生きとし生けるものすべてに向けられた女帝はせくらみゆきの、どこまでも深い慈愛の心に触れた感動が滲み出ているのだから！

今、まさに我々が直面しつつある地球規模の大災難を前にして、我々司令官と副官だけが窮地を切り抜けるための切り札を女帝から授かったわけではない。

この本を手にした読者の皆さん全員が、女帝はせくらみゆきから「日本語の力」という伝家の宝刀を授かっているのだ。

左　保江邦夫氏　中　はせくらみゆき氏　右　矢作直樹氏

そう、「日本語」を操ることによってこの世界を、そして宇宙森羅万象のすべてを「良き方向」へと大転換させることができる「日本語人」として！

秋なお暑い白金の寓居にて

総員決起を期待してやまない司令官・保江邦夫記す

２０２４年中秋の名月を愛でながら……

しあわせの言霊《ことだま》　日本語《にほんご》がつむぐ
宇宙《うちゅう》の大調和《だいちょうわ》

保江邦夫《やすえくにお》　矢作直樹《やはぎなおき》　はせくらみゆき

明窓出版

令和六年十一月十一日　初刷発行

発行者——麻生 真澄
発行所——明窓出版株式会社
〒一六四—〇〇一二
東京都中野区本町六—二七—一三

印刷所——中央精版印刷株式会社

ISBN978-4-89634-477-6

保江邦夫 (Kunio Yasue)

岡山県生まれ。理学博士。専門は理論物理学・量子力学・脳科学。ノートルダム清心女子大学名誉教授。湯川秀樹博士による素領域理論の継承者であり、量子脳理論の治部・保江アプローチ（英：Quantum Brain Dynamics）の開拓者。少林寺拳法武道専門学校元講師。冠光寺眞法・冠光寺流柔術創師・主宰。大東流合気武術宗範佐川幸義先生直門。特徴的な文体を持ち、100 冊以上の著書を上梓。

著書に『祈りが護る國　日の本の防人がアラヒトガミを助く』『祈りが護る國　アラヒトガミの願いはひとつ』、『祈りが護る國　アラヒトガミの霊力をふたたび』、『人生がまるっと上手くいく英雄の法則』、『浅川嘉富・保江邦夫 令和弐年天命会談 金龍様最後の御神託と宇宙艦隊司令官アシュターの緊急指令』（浅川嘉富氏との共著）、『薬もサプリも、もう要らない！ 最強免疫力の愛情ホルモン「オキシトシン」は自分で増やせる!!』（高橋 徳氏との共著）、『胎内記憶と量子脳理論でわかった！「光のベール」をまとった天才児をつくる たった一つの美習慣』（池川 明氏との共著）、『完訳 カタカムナ』（天野成美著・保江邦夫監修）、『マジカルヒプノティスト スプーンはなぜ曲がるのか？』（Birdie 氏との共著）、『宇宙を味方につける こころの神秘と量子のちから』（はせくらみゆき氏との共著）、『ここまでわかった催眠の世界』（萩原優氏との共著）、『神さまにゾッコン愛される　夢中人の教え』（山崎拓巳氏との共著）、『歓びの今を生きる 医学、物理学、霊学から観た 魂の来しかた行くすえ』（矢作直樹氏、はせくらみゆき氏との共著）、『人間と「空間」をつなぐ透明ないのち 人生を自在にあやつれる唯心論物理学入門』、『こんなにもあった！　医師が本音で探したがん治療　末期がんから生還した物理学者に聞くサバイバルの秘訣』（小林正学氏との共著）、『令和のエイリアン　公共電波に載せられない UFO・宇宙人ディスクロージャー』（高野誠鮮氏との共著）、『業捨は空海の癒やし　法力による奇跡の治癒』（神原徹成氏との共著）、『極上の人生を生き抜くには』（矢追純一氏との共著）、『愛と歓喜の数式　「量子モナド理論」は完全調和への道』（はせくらみゆき氏との共著）、『シリウス宇宙連合アシュター司令官 vs. 保江邦夫緊急指令対談』（江國まゆ氏との共著）、『時空を操るマジシャンたち　超能力と魔術の世界はひとつなのか　理論物理学者保江邦夫博士の検証』（響仁氏、Birdie 氏との共著）、『愛が寄り添う宇宙の統合理論 これからの人生が輝く！　９つの囚われからの解放』（川崎愛氏との共著）、『シュレーディンガーの猫を正しく知れば　この宇宙はきみのもの　上下』（さとうみつろう氏との共著）、『Let it be. シスターの愛言葉』、『守護霊団が導く日本の夜明け　予言者が伝えるこの銀河を動かすもの』（麻布の茶坊主氏との共著）、『まんが「サイレントクイーン」で学ぶユリバース　博士の異常な妄想世界』（原作 保江邦夫／作画 S.）、『縄結いは覚醒の秘技』（神尾郁恵氏との共著）（すべて明窓出版）など、多数がある。

矢作直樹（Naoki Yahagi）

東京大学名誉教授。医師。

1981年、金沢大学医学部卒業。

1982年、富山医科薬科大学の助手となり、83年、国立循環器病センターのレジデントとなる。同センターの外科系集中治療科医師、医長を経て、99年より東京大学大学院新領域創成科学研究科環境学専攻および工学部精密機械工学科教授。

2001年より東京大学大学院医学系研究科救急医学分野教授および医学部附属病院救急部・集中治療部部長となり、2016年3月に任期満了退官。


著書には、『人は死なない』（バジリコ）、『おかげさまで生きる』（幻冬舎）、『お別れの作法』、『悩まない』（以上、ダイヤモンド社）など、多数。

矢作直樹公式 WebSite
hhttps://yahaginaoki.jp/

はせくらみゆき（Miyuki Hasekura）

画家・作家・雅楽歌人。生きる喜びをアートや文で表すほか、芸術から科学、歴史まで幅広い分野で活動するマルチアーティスト。日本を代表する女流画家として国内外で活躍中。他にも「和心」を継承し、次世代へと繋げる活動もしている。

主な著書に『おとひめカード』、『音―美しい日本語のしらべ』（共にきずな出版）、『夢をかなえる未来をひらく鍵―イマジナル・セル』（徳間書店）など、60冊を超える著作がある。趣味は旅とノートまとめ。

Accademia Riaci 絵画科修士課程卒（イタリア）。英国王立美術家協会名誉会員。日本美術家連盟所属。（社）あけのうた雅楽振興会代表理事。北海道出身、三児の母。

はせくらみゆき公式 WebSite

https://www.hasekuramiyuki.com/

さあ、あなたの内にあるイマジナル・セルを呼び覚まし、仮想現実から抜ける『超授業』の始まりです！

これから注目を集めるであろう量子モナド理論とは？　宇宙魂を持つ二人の対話は、一つのモナドの中で影響し合い、完全調和へと昇華する！

抜粋コンテンツ

- 万華鏡が映し出すモナドの世界
- プサイの由来となったプシュケと、アムルの物語
- 量子モナド理論は、実は宇宙人には常識だった!?
- 「人間原理」はどのように起動するのか
- 宇宙人の言葉に一番近い言語は日本語だった!?
- 地球で洗脳された3000人の魂を救い出せ!!
- イマジナル・セル——私たちの中にある夢見る力
- プサイが表すのは、予定調和や神計らい
- シュレーディンガー方程式は、愛の中に生まれた
- ユングとパウリの、超能力原理の追求
- エネルギーとは、完全調和に戻そうとする働き
- 宇宙授業で教わったこと
- 太陽フレアによって起きること
- いつも楽しく幸せな世界にいるためには？

保江邦夫 はせくらみゆき　共著

本体価格：2,200 円＋税

縄結いは覚醒の秘技　保江邦夫　神尾郁恵　本体価格 2,000 円

人間の本質を見出し、極める

縄結いとは、禅僧の悟りの境地にまで
一瞬で持ち上げてくれる技法
日本文化の秘奥に到達する鍵が
この1冊に！

抜粋コンテンツ

パート1　未知（緊縛）との遭遇
- 「実は、私も雷に打たれたんです」
- 微睡の中でつながるアカシックレコード

パート2　ドキュメント「緊縛体験」
- 緊縛体験１——神主の白装束で縛られる
- 緊縛体験２——緊縛師のプロの技
- 緊縛体験３——自他の境界の消失

パート3　沖縄からの訪問者が語る超常現象
- 成瀬雅春氏の空中浮遊の真実
- まるで覚醒剤？!
  緊縛による強烈な作用

パート4　「愛おしゅうて愛おしゅうて、かわゆうてかわゆうて」——至ったのは禅の境地
- 二回目は全身緊縛
- 幽体離脱——二人きりの幸せな時間
- 緊縛でたどり着いた禅の極致

パート5　武道を極める晒帯の使い方
- 晒帯を使うと脳が活性化する
- 産道での締め付けは緊縛？!——
  アメリカの拒食症治療の方法とは？

パート6　縄結いから始まる、愛があふれる地上の楽園
- 現代人の悩みにコミット——
  医療現場に緊縛を取り入れるとは？

真に仏教は森羅万象の背後に潜む宇宙の摂理を説き、いのちとこころについての真理を教える美学

理論物理学者 保江邦夫氏絶賛

真に仏教は宗教などではない！

倫理や人生哲学でもない！！

まして瞑想やマインドフルネスのための道具では 絶対にない！！！

真に仏教は森羅万象の背後に潜む宇宙の摂理を説き、いのちとこころについての真理を教える美学なのだ。

この『法華経』が、
その真実を明らかにする！！！！

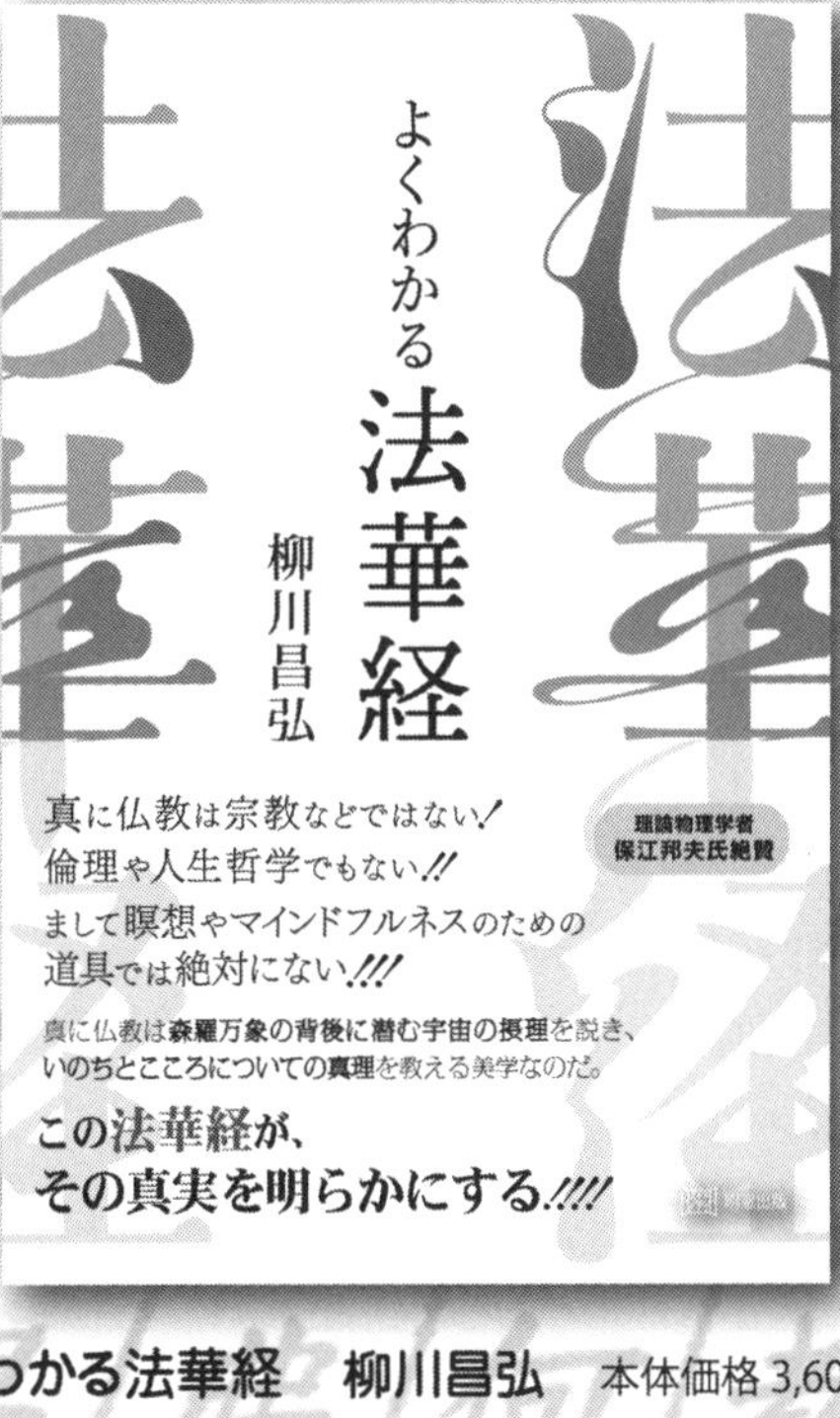

よくわかる法華経　柳川昌弘　本体価格 3,600 円＋税

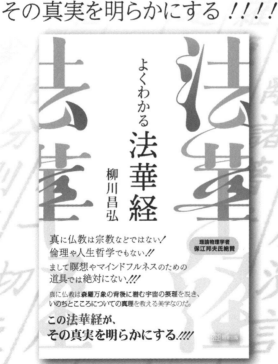